책벌레와
메모광

책벌레와
메모광

정민 지음

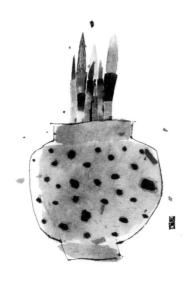

문학동네

차례

제2부 메모광

서문

　　　　　　　　지난 2012년 7월부터 1년간 미국 보
스턴 하버드 대학교 옌칭연구소에 방문학자로 머물 기회를 가졌
다. 그 기간 내내 동양학 연구의 세계적 본산이라는 이곳 도서관
에 늘 파묻혀 지냈다. 아침에 들러 하루가 시작되고 저녁에 나오
며 하루가 마무리되었다. 늦은 밤 머리를 식히려고 연구실을 나
와 교정을 산책하다가 어둠 속에 홀로 불 켜진 내 연구실의 불빛
을 가만히 바라보곤 했다.

　선본실善本室의 서고 사이를 배회하며 중간중간 숨어 있는 희
귀본들을 찾아내 내용을 살피고 필요한 책을 꺼내와 촬영하고
출력했다. 집에 와서는 식탁에 앉아 아내와 하루의 얘기를 나누
며 출력해온 종이를 한 장 한 장 풀칠해 제본했다. 그러는 사이
에 네 계절이 한 바퀴 돌아 다시 제자리로 돌아온 지도 벌써 2년

이 지났다.

그곳에서 나는 지금 사람보다 옛사람을 훨씬 많이 만났다. 그들이 남긴 책의 행간을 더듬으며 늘 충만하고 행복했다. 특히 후지쓰카 지카시藤塚鄰! 잊을 수 없는 이름. 그를 길잡이로 내세워 더 오래전의 많은 사람들과 해후했다. 먼지 속에 미라처럼 바싹 말라 누워 있던 그들에게 숨결을 불어넣어 새로운 생명을 심어주고 싶었다.

이곳에서 몰두했던 1년간의 공부는 문학동네 출판사의 네이버 카페에 연재해 2014년 5월『18세기 한중 지식인의 문예공화국』이란 718쪽짜리 책으로 출간했다. 이 책으로 지난봄 월봉月峰저작상까지 받는 영예를 누렸다. 책에는 '하버드 옌칭도서관에서 만난 후지쓰카 컬렉션'이란 부제가 붙어 있다.

연재 당시 매주 나가는 본연재 글이 너무 어려워 독자들이 따라오기 버거워하는 기색이 역력했다. 그래서 연재의 중간에 본연재에서 미처 못한 이야기와 고서를 보다가 떠오른 이런저런 단상들을 보조 연재처럼 따로 써나갔다. 팽팽한 긴장의 끈도 조금 놓고 나 자신에게도 활기를 불어넣을 생각이었다. 쓰다보니 재미가 나서 본연재만큼이나 애정을 갖고 집중했다.

옌칭도서관의 고서 속에는 이야기들이 많이 숨어 있었다. 여러 개 찍힌 장서인들은 저마다 사연을 품고 제 얘기를 하고 싶어했다. 책장 사이에 꽂힌 100년은 묵었음직한 은행잎과 운초芸草,

책 속의 무수한 메모들, 심지어 낡아 바스러지기 직전의 책 속에 납작하게 눌린 채 죽은 청나라 때 모기도 있었다.

이 많은 실물 자료들 속에서 이전에 알았던 피상적 지식이 한 꺼풀 벗겨져나갔다. 그러니까 이 책은 하버드에서의 1년 동안 옛 책과 조우해 나눈 사적인 대화의 기록이다. 책에 미쳐 손에서 책을 놓지 못했던 책벌레들의 이야기와 숨쉬듯 읽고 밥 먹듯 메모하며 생각의 길을 내던 메모광들의 사연을 한자리에 모았다.

귀국 직전 나는 붓글씨로 작은 액자를 하나 꾸며 도서관 3층 희귀본 열람실에 선물했다.

서책은 정수를 갖추었고	書帙精嚴
자리는 환하고 깨끗하다.	几席明潔
나로 하여금 오래 앉아 있게 하니	使我久坐
읽지 않고 무엇을 하리!	不讀何爲

이덕무와 김정희의 글을 조합해 재구성한 글이었다. 액자를 받아든 담당 사서의 표정이 환해지더니 바로 걸자며 그 즉시 벽에다 못을 박았다. 오래 아껴 머문 공간에 작은 흔적을 남기고 싶었다. 나는 기념으로 사진을 몇 장 찍었다. 그들과 악수하고 포옹한 후 내려왔다. 오래 그리울 거다. 하지만 또 오겠다. 나는 슬픈 표정을 짓고 이렇게 말했다. 그녀가 대답했다. 나도 널 만

나서 정말 기뻤다. 또 만나자.

　날마다 연구실 창밖으로 떠가던 구름과 네 계절의 풍경을 어찌 잊을 수 있겠는가? 삶은 늘 떠났다가 제자리로 돌아가는 일의 연속일 뿐이다. 누구나 그렇고 언제나 그렇다. 한 시절의 풍경과 또 이렇게 해후하고 작별한다.

　　　　　　　　　　　　　　2015년 가을, 행당서실에서
　　　　　　　　　　　　　　　　　　　　정민 씀

제1부

책벌레

책 주인이 바뀔 때의 표정
―한중일의 장서인

고서에 또렷이 찍힌 장서인에는 그 책의 역사가 담겼다. 책은 돌고 돈다. 주인이 늘 바뀐다. 그래도 장서인은 남는다. 어차피 영영 자기 것이 될 수 없을 바에야 장서인은 왜 찍을까? 장서인을 찍는 것은 책의 소유권을 분명히 하고, 이 책이 천년만년 자기 집안과 인연을 같이하기를 바라서다. 물론 허망한 꿈이다.

어떤 장서인은 자기 이름을 넣고 그 끝에 '차람借覽' 또는 '차관借觀'이란 인문印文을 새기기도 한다. 말 그대로 잠시 빌려 본다는 뜻이다. 이 세상에 사는 동안 잠깐 빌려 보다가 두고 가겠다는 의미다. 한결 격이 있고 점잖다. 하지만 혹시 남의 책을 잠깐 빌려 보면서까지 이런 인장을 찍었다고 오해할까 염려된다.

책 주인이 바뀌고 나면 예전 주인의 장서인을 어찌 처리할까?

한국, 중국, 일본 세 나라의 처리법이 사뭇 다르다. 이 사소한 행위 하나를 두고 민족성까지 운운할 일은 아니다 싶다가도 자꾸 보니 세 나라가 확실히 차이가 있었다.

먼저 한국. 주인이 바뀌면 전 주인의 장서인도 함께 말소된다. 절반을 접어 제본한 종이책의 안쪽에 받침을 대고 장서인을 예리한 칼로 도려낸다. 그러고 나서 그 안쪽에 조금 더 큰 종이를 덧대서 붙인다. 장서인이 책의 활자 위에 찍혔을 때는 어찌하나? 덧댄 종이 위에 잘려나간 글씨를 채워 써넣는다. 전 주인의 자취를 지우려다가 책의 꼴이 갑자기 흉물스러워진다. 누가 그랬을까? 새로 산 사람이? 그게 아니다. 책을 파는 쪽에서 마지막 남은 체면을 지키느라고 그렇게 했다. 선대의 장서인이 찍힌 책을 지켜내지 못하고 남에게 팔아먹었다는 말을 듣고 싶지 않아, 아예 책을 훼손하면서까지 장서인을 도려냈다.

옌칭도서관에서 우연히 본 『요산당외기嶢山堂外紀』는 중국에서 간행된 책이었다. 두툼한 포갑을 열자 뜻밖에 전형적인 조선식 5침 제본에 능화문菱花紋을 둔 두꺼운 표지가 나온다. 든든하다. 본문 종이는 중국 것 그대로다. 포장만 바꿨다. 화려한 문양의 표지뿐 아니라 제첨 글씨에서도 포스가 느껴진다. 최고급이다. 안쪽을 조금 벌려 들여다보니 4침 제본을 했던 원래의 침자리가 그대로 남아 있다. 중국 책을 들여와 조선식으로 튼튼하게 제본을 고치고 표지 글씨도 멋있게 썼다. 이 정도로 꾸민 걸 보면 행세깨나 하던 집안에서 소장했던 것이 틀림없다.

첫 장에 찍힌 장서인은 예리하게 도려낸 후 종이를 덧댔다. 그래도 이것은 별로 표시가 안 난다. 다음 장 본문 하단에 크게 찍힌 장서인은 오려내기에는 너무 컸던지 이름 부분을 알아볼 수 없게 훼손했다. 매 책마다 똑같이 그랬다. 책을 다 버려놓았다. 장난기가 동해서 굳이 읽어보니 '조○현장(趙○鉉章)'이다. 두번째 글자는 완전히 도려내서 판독 자체가 불가능하다. 돌림자를 현鉉으로 쓰는 조씨 집안에서 나온 책이다. 열두 책을 다 봐도 두번째 결정적인 글자만은 도저히 알 수가 없었다. 그런데 속표지의 백면 한 곳에 '임진정월초십일 파곡방 첨정딕'이라는 한글 글씨가 남아 있다. 주의가 부족했거나, 혹 보더라도 이것으로는 전 소유자의 신원을 밝힐 수 없으리라 판단했기에 살아남았다.

가세가 형편없이 기울어 선대의 책을 팔망정 흔적마저 남길 수는 없다. 집안 망신을 사서 하지 않으려는 안간힘이 느껴진다. 이미 망해서 책을 파는 마당에도 체면마저 얹어 팔 수는 없었던 것이다. 땅덩어리가 좁아 한 바퀴 돌면 다 걸리는 바닥이라 그랬을 것도 같다. 팔고 돌아서면 대뜸 누구네가 망해서 제 아비 책을 내다팔았다더라 하고 소문이 쫙 퍼진다면 나라도 난감했을 것 같다.

일본 사람은 어떻게 했을까? 다 그런 것은 아니지만 일본서 코너에서 『고일서古逸書』란 책을 펼치다가 묘한 장서인을 보았다.

15

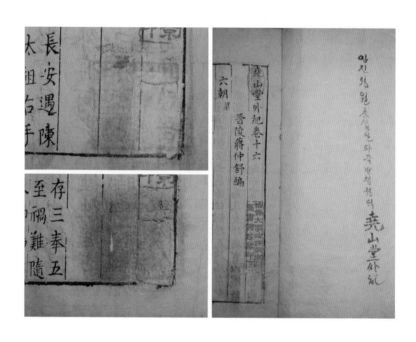

「요산당외기」 첫 면의 장서인을 도려낸 사진,
다음 면의 훼손한 도장, 그리고 한글 글씨.

몇 사람의 장서인이 어지러이 찍혀 있다. 오른쪽 상단에 찍힌 인장은 '상덕관장서인尙德館藏書印'이다. 그런데 그 위에 붉고 굵은 글씨로 '소消'라고 쓴 인장이 덧찍혀 있다. 예전에는 상덕관의 주인이 소유했는지 몰라도 이제는 내 것이 되었으니 옆에 새 주인인 '곡구방차랑谷口芳次郞'이 자신의 장서인을 꽝 찍고, 이로써 예전 소유주와의 인연은 말소되었다고 선언한 것이다. 매사에 분명하고 깔끔한 셈법을 좋아하는 일본인답다. 하지만 너무 매몰차다. 계산이 확실한 것은 좋은데 잔정이 없다.

일본인 중에도 통 큰 사람은 있다. '그 사람을 얻어 전할 뿐 자손일 필요는 없다得其人傳, 不必子孫'라고 새긴 장서인이나, '훔쳐 읽어도 무방하다偸讀不防'는 장서인의 주인이 특히 그렇다. 하지만 후자의 경우는 더 교묘한 책략적 의도가 느껴진다. 우선 이 책 위에는 다른 사람이 자신의 장서인을 더 찍을 수가 없다. 찍는 순간 그는 도둑놈으로 몰릴 공산이 크다. 말하자면 훔쳐가는 경우를 제외하고는 이 책의 소유주가 바뀔 일이 없다고 주인이 미리 선언해두었기 때문이다. '훔쳐가도 괜찮다 했다고 정말 훔쳐오냐?' 정당하게 그 책을 구입하고도 다른 사람에게 도둑으로 오해받지 않기 위해 그는 자신의 장서인을 끝내 찍지 못할 확률이 높다. 아무튼 책 주인은 어떻게든 자기 손을 거쳐간 흔적을 책에 남기고 싶은 모양이다.

중국은 어떨까? 역시 통이 크다. 스케일이 있다. 주인이 바뀌

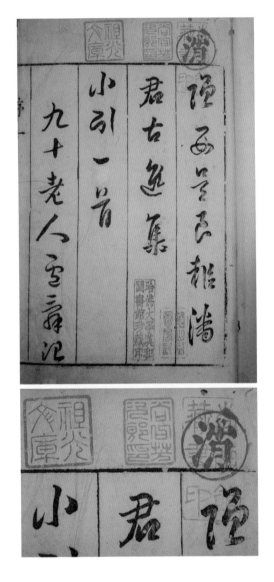

「고일서」 장서인 부분.

어도 이전 주인의 장서인에 손을 대는 법이 없다. 길게 보면 책이란 돌고 도는 것이 당연하다. 그까짓 도장에 연연하지 않는다. 오히려 장서인이 많이 찍혀 있을수록 파는 값도 사는 값도 올라간다. 그중에 유명인의 장서인이 하나라도 찍혀 있으면 값은 그 즉시 몇 배로 뛴다. 그 장서인을 보면서 그가 소유했던 책이 내 손에 들어오다니 하고 감격할망정, 제 조상 책도 간수 못하는 한심한 놈 하고 그 후손을 욕하지 않는다. 하기야 이름이 찍힌들 그 넓은 땅에서 그가 어디 사는 누구인지 알 길이 없다. 또 안다한들 대수겠는가?

한 권의 책에 어지러울 정도로 줄줄이 찍힌 중국 책의 장서인을 보고 있으면 그 책이 어떻게 유전되어왔는지 다 보인다. 주인이 참 자주도 바뀌었다. 그때마다 줄기차게 도장을 찍은 것도 씩씩하다. 도장을 찍으면서 번번이 나만은 안 판다는 다짐 같은 것을 담았겠지만 아무 소용이 없다. 오른쪽 상단에 찍힌 타원형의 '송본宋本'은 이 책이 송나라 때 인쇄된 고본임을 엄숙하게 선언한다. 그 아래로 열한 명의 주인을 거쳤다. 저마다 제 장서인을 찍었다. 마지막 중앙 상단에 찍힌 '국립중앙도서관소장國立中央圖書館所藏'인 이후로는 새로운 장서인이 더 찍힐 일이 없을 것 같다. 만약 이 책이 조선 사람의 것이었다면 첫 장은 거의 누더기가 되어, 책의 가치마저 잃고 말았을 듯하다. 일본식으로 '소消' 자 도장이 여기저기 찍힌 책도 보기에 끔찍할 것 같다. 무슨 납세필畢

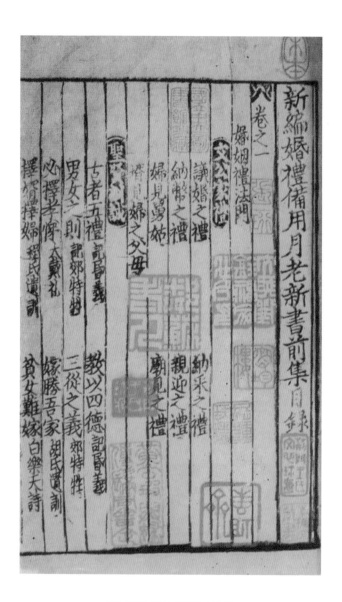

여러 개의 장서인이 찍혀 있는 중국 책.

도장을 찍는 것도 아니고, 운전면허 시험에 수십 번 떨어져 인지가 덕지덕지 붙은 응시원서처럼 보일 듯하다.

그런데 이런 습관이 지금껏 그대로 이어지는 점은 흥미롭다. 예전 근 800쪽에 달하는 내 연구서를 다른 과의 선생님께 드린 적이 있다. 이 양반이 정년퇴임을 하면서 화장실 앞에 다른 허접한 잡지 등과 함께 내 책을 버리고 갔다. 누가 볼까 싶어 얼른 빼서 열어보니 '존경을 담아'라고 쓴 헌사까지 그대로 적혀 있었다. 마치 내 후의가 화장실에 내던져진 듯한 기분이라 그이가 세상을 뜨고 없는 이제까지도 감정이 별로 좋지 않다. 하긴 윌리엄 포크너는 헌정 사인이 든 자신의 책을 헌책방에서 발견한 후, 그 책에다 '다시 존경을 담아'라고 써서 되보내주었다는 일화가 있다. 오기가 발동한 셈인데 그의 그 심정을 이해할 수 있다.

반대로 내게 자신의 서명을 담아 처치 곤란한 책을 보내오는 경우도 적지 않다. 연구실이 워낙 옹색한데다 도저히 봐줄 수 없는 민망한 책도 많아서 중간에 한 차례씩 내다버리지 않을 도리가 없다. 이때 가장 신경쓰이는 것이 그 안의 서명 부분이다. 이게 잘못해서 헌책방에 흘러나가기라도 하면 훗날에 내 자식이 돈이 궁해 팔아먹었다고 사람들이 생각할 게 아닌가. 서명한 본인이 어쩌다 보게 되면 내가 그랬던 것처럼 두고두고 앙심을 품을 수도 있다. 그래서 책을 내다버릴 때는 슬그머니 내 이름이 있는 면을 잘라내게 된다. 준 사람의 명예도 지켜주고, 내 이름도 욕보는 일이 없게 하려는 것이다. 하지만 공연히 책만 아무 죄 없이 재앙을 만난 셈이다.

이렇게 보면 앞서 책을 버리고 간 그분에게도 내 책이 처치 곤란이었을 것이 분명하다. 책의 가치는 어디까지나 상대적이니까. 다만 이름에 대한 배려가 부족했을 뿐이다. 한편으로 사인을 그대로 둔 채 만인이 들락거리는 화장실 앞에 버리고 간 것이야말로 중국인의 호쾌한 마음 씀씀이를 지녔던 것은 아닌가 싶어 이제는 서운한 감정을 풀어야겠다고 생각중이다. 그 장소가 하필 변소 앞이었던 것은 내 입장에서는 지금도 고약하긴 하다. 정작 당신은 퇴임하는 마당에 안 그래도 옹색한 집에까지 들여갈 책은 아니라고 판단했던 것뿐일 게다. 그 방 조교가 별 생각 없이 폐지 처리하는 데 편하라고 청소하는 아주머니 눈에 잘 띄는 화장실 문 옆에 쌓아둔 것뿐일 테니까.

그래서 몇 해 전부터는 내 책을 남에게 선물할 때 길쭉하게 네모진 종이를 만들어 그 위에 사인을 하고, 책에는 위쪽만 살짝 붙여서 준다. 필요가 없어져서 남에게 주거나 헌책방에 내다팔더라도 이 종이만 떼어내면 따로 책을 훼손할 일이 없겠다 싶어서다.

장서인을 찍는 태도

『흠영欽英』은 18세기의 독서광 유만주兪
晩柱, 1755~1788가 21세 때부터 죽기 직전까지 쓴 13년간의 일기다.
『흠영』 1781년 2월 19일의 일기에 한국과 중국의 장서인 찍는
방식과 태도의 차이를 설명한 내용이 나온다.

돌에 글씨를 새겨 책에 찍는 법은 우리나라와 중국이 공사公
私와 아속雅俗 면에서 아주 다르다. 중국 사람은 책을 소장할 때
유통을 위주로 한다. 돌에 새겨 찍는 것은 뒤에 이 책을 소유
한 사람에게 이 책이 누구에게서 전해졌고 누가 평열評閱하였는
지 알게 하기 위해서다. 그림이나 글씨를 보고 감상을 적는 것
과 비슷해서 공정하고도 우아하다. 우리나라 사람이 책을 쌓아
두는 것은 집안에 소장하는 것을 위주로 한다. 관향이나 성명,

자호 등 서너 개의 인장을 관청의 장부처럼 포개 찍어 남의 소
유가 될까봐 염려하니 사사롭고도 속되다. 사사로이 하므로 혹
책을 팔면 반드시 도장 찍은 것을 제거하여 마치 잃어버린 것
처럼 애석해한다. 공정한지라 혹 책을 남에게 주더라도 장서인
을 그대로 남겨두어 시원스레 마치 주지 않은 것처럼 한다. 애
석해하는 태도와 시원스런 태도 사이에 우아하고 속됨의 차이
가 판이하다.

한중일의 장서인을 비교한 내 앞의 글에 대해 대답을 해주려
고 작정하고 쓴 글 같다. 책을 대하는 중국 사람들의 태도가 모
두 공정하고 고상한 데 반해 우리나라 사람들은 사사롭고 저속
하다고 잘라 말할 수는 없다. 다만 앞서 본 대로 장서인을 처리
하는 태도만 놓고 보면 그렇게 말해도 별 할 말이 없지 싶다.
책을 구입하면 일단 장서인부터 꽝 찍는다. 물론 이 또한 장
서인 정도를 갖출 형편이 되는 집안에나 해당되는 얘기다. 이때
저들은 책의 내력을 증빙하는 절차로 장서인을 찍는 데 반해 우
리는 소유 개념을 분명히 해두려고 장서인을 찍는다는 차이가
있다는 것이다. 우리는 장서인을 찍을 경우 한두 개가 아니라 본
관과 성명, 자와 호 등이 들어간 서너 개의 인장을 과시하듯 늘
어놓는다. 본관을 나타내는 장서인이 맨 위에 찍히고 그다음은
자신의 성과 이름이 새겨진 것을 찍는다. 그것으로도 부족해서

그 아래에 다시 자와 호를 새긴 인장을 더 찍는다. 이런 경우 책을 팔게 되어 그 인장 찍힌 부분을 오려내려 든다면 책 한 면 전체를 다 훼손하지 않을 도리가 없다.

남의 집안에서 귀한 고서를 빌려와서는 그날로 중국제 고급 인주를 묻혀 책 첫 장에 자신의 장서인을 찍는 아름답지 않은 버릇이 있던 장서가가 있었다. 그는 책 주인이 빌려간 책을 돌려달라고 하면 빌려간 적이 없다며 딱 잡아떼고 돌려주지 않아 여러 번 소송까지 당했다는 얘기를 수차 들었다. 그렇게 악착같이 모아 여기저기 장서인을 찍어둔 그의 고서는 그가 세상을 뜨자마자 바로 고서점에 매물로 나와 돌아다녔다. 유난히 붉은 인주 빛깔 때문에 내 눈에도 쉽게 띄었다. 유만주의 말대로 이런 것은 그야말로 사사롭고도 저속한 취미에 속한다.

자신이 아끼던 장서 곳곳에 자신의 이런저런 인장을 주욱 찍어놓고 흐뭇해한 것은 추사의 유난스런 취미이기도 하다. 그가 아껴서 본 책에는 예외 없이 자신의 소장인이 곳곳에 찍혀 있다. 오늘날은 이 인장이 찍히기만 하면 책값이 당장 몇 배로 뛴다. 추사니까 가능한 얘기다. 하버드 옌칭도서관에도 후지쓰카가 소장했던 추사의 장서인이 여기저기 찍힌 구장서가 5종이나 보관되어 있다. 후지쓰카는 이 책들을 큰 자랑으로 여겨 자신의 저서에 이 책들의 목록과 거기에 찍힌 인장을 상세하게 소개하기까지 했다.

하지만 하버드에서 본 후지쓰카의 책에는 이상하게도 자신의 장서인을 찍은 경우가 거의 없었다. 『사칙록使勅錄』과 『옹씨가사략기翁氏家事略記』 딱 두 곳에서만 보았다. 고서의 주인이 자주 바뀌는 것을 익히 보았던 터라 장서인을 찍지 않는 것을 원칙으로 삼았던 걸까? 그중에는 경성제대에 함께 있으면서 그와 가깝게 지냈던 이마니시 류今西龍, 1875~1932 교수가 소장한 것을 후지쓰카가 하도 졸라대자 양도해준 것도 있다. 하버드 옌칭도서관에 소장된 『우선정화록藕船精華錄』과 『청비록淸脾錄』이 그것이다. 이 책에는 이마니시 장서의 장정과 표지 제첨 특징이 선명하다. 하지만 자신의 소장서에 장서인을 즐겨 찍었던 이마니시와 달리 후지쓰카는 웬만해서는 좀체 자신의 장서인을 찍으려 들지 않았다.

『흠영』의 1780년 8월 2일 자 일기에는 다음의 내용도 보인다.

들자니 최석정崔錫鼎, 1646~1715은 장서가 대단히 풍부했다. 하지만 어느 책에도 장서인을 찍지 않았다. 한번 남에게 책을 빌려주면 다시 찾는 법도 없었다. 매번 자제들에게 이렇게 훈계하곤 했다. "서적이란 공공의 물건이니 사사로이 지키기만 해서는 안 된다. 내가 마침 책을 모을 힘이 있었기에 책이 내게 모인 것이고 다른 사람도 다 마찬가지다." 『예기』나 『좌전』 같은 책을 선록하여 분류할 때도 판본에서 잘라다가 구절과 행을 나란히 배열해서 베껴 쓰는 일을 대신케 했다. 자기 책인지 남의 책인지도 따지지 않았다.

서적은 공물公物이니 사수私守하면 안 된다고 한 최석정의 말이
시원스럽다. 그는 장서인을 아예 만들지 않았다. 그의 책은 도
서관의 책처럼 누구나 볼 수 있는 공유물이었다. 그의 대표적인
저술에 『예기유편禮記類編』이 있다. 『예기』를 갈래에 따라 분류해
서 재편집한 책으로 주제별 검색이 편리하도록 구성했다. 이 책
을 엮을 때 최석정은 베껴 쓰는 번거로움을 피하려고 원본 책을
가위질로 재편집해서 자기의 새로운 저술을 완성했다. 말하자면
편집의 편의를 위해 경전의 훼손을 마다하지 않은 것이니 당시
로서는 물의를 빚을 만한 일이었다. 이 또한 사소한 것에 얽매이
지 않은 그의 활달한 성품을 가늠케 한다.
    연암 박지원의 『연암집』에 실린 편지글 중에 수신인이 분명치
않은 「여인與人」이란 글이 있다. 나란히 읽어본다.

    그대가 고서를 많이 쌓아두고도 절대로 남에게 빌려주지 않
으니 큰 잘못이오. 그대가 장차 이것을 대대로 전하려 하는 것
이오? 대저 천하의 물건은 대대로 전할 수 없게 된 지가 오래되
었소. 요임금과 순임금은 왕위를 자식에게 전하지 않았고, 삼
대三代도 능히 지킬 수가 없었던 것이오. 진시황을 어리석다 여
기는 이유가 여기에 있다 하겠소. 그대는 여태도 몇 질의 책을

대대로 지키려 하니 어찌 잘못이 아니겠소? 책은 일정한 주인이 없는 법이니 선을 즐거워하고 배우기를 좋아하는 자가 소유할 뿐이오. (…) 이로 말미암아 살피건대 법을 밝혀 후세에 드리우고 용모를 덕스럽게 하여 보여준다 해도 오히려 지키기가 어렵거늘 이제 천하의 고서를 사사로이 해서 남과 더불어 선을 쌓으려 하지 않고 교만하고 인색하게 책을 끼고 후손에게만 건네려 하니 불가하지 않겠소? 군자는 글로써 벗을 모으고 벗으로써 어짊을 보탠다고 하였소. 그대가 만약 어짊을 구한다면 1000개 상자 속에 담긴 책을 벗들과 함께 닳아 없어지게 함이 옳을 것이오. 이제 높은 다락에다 묶어두고 구구하게 후세를 위한 계책이라 여긴단 말이오?

책을 절대로 빌려주지 않는 사람에 대한 격앙된 마음을 숨김없이 드러냈다. 장서인만 꽝꽝 찍어 깊이 간직해두고 저는 안 읽으면서 남도 못 읽게 하고 다만 후손 대대로 보물로 전하겠다는 생각이 대체 무슨 심보냐고 나무란 내용이다. 책은 장서인을 찍은 사람의 소유가 아니다. 읽는 사람이 주인인 물건이라 정해진 임자가 있을 수 없다.

애써 도장을 찍어놓고 더 애를 써서 오리느라 고생하니 애초에 아예 장서인을 찍지 않거나, 찍은 뒤에는 대범하게 그대로 두어 한 권의 고서가 살아 있는 유기체로 그 생명의 내력을 이어가게 함이 백번 마땅하다. 하버드에 머무는 동안 가장 인상적이었던 것은 책을 보관하는 데 급급하지 않고 어떻게든 연구에 활용할 수 있도록 도와주려는 그들의 진취적인 자세였다. 옌칭도서관의 제임스 청 관장은 방문학자들을 모아 도서관 설명회를 하는 자리에서 필요하다면 한 사람당 1000권, 2000권도 마음껏 빌려 볼 수 있도록 해줄 테니 이곳에 머무는 동안 도서관의 자료를 많이 이용해줄 것을 당부하기까지 했다. 우리나라의 박물관이나 도서관에 소장된 고서를 보려고 하면 제약은 어찌 그리 많고 규정은 왜 이리 까다로운지 알 수 없어 고개를 갸웃한 경우가 한두 번이 아니었다. 물론 다 그런 것은 아니지만 책 가진 행세를 해도 너무 한다는 생각을 자주 하게 된다. 연구자의 공부를 도와주기는커녕 계속 발목만 붙든다. 유만주가 말한, 책을 사사롭고 저속하게 지니는 고약한 태도가 이제껏 계속되어 그런 것일까? 책은 천하가 공유하는 물건이다. 책을 소장했다 해서 그 내용까지 전유할 수 있는 것이 아니다.

포쇄曝曬하던 날의 풍경

박제가가 쓴 「어릴 적에 베껴 쓴 『맹자』를 보다가閱幼時所書孟子叙」는 아주 예쁜 글이다. 전문을 함께 읽어본다.

햇볕에 책을 말리던 날 저녁, 다섯 살 때부터 열 살 때까지 내가 가지고 놀던 장난감 상자가 나왔다. 몽당붓과 부러진 먹, 감춰두었던 구슬과 떨어진 깃털, 등잔 장식과 송곳 자루, 표주박 배와 사철나무로 만든 말 같은 것들이 책상 높이로 쌓였고, 이따금 좀벌레 사이에서 기와 조각이 나오기도 했다. 모두 내 손으로 만지작거리며 놀았던 것들이다. 슬픔도 아니고 기쁨도 아닌 것이 마치 옛 친구와 만나 오늘날 이렇게 장성한 것을 의아해하다가 옛날이 모두 지나가버렸음을 깨닫는 기분이었다.

손바닥만한 책도 열 권 남짓 되었는데, 『대학』『맹자』『시경』『이소離騷』『진한문선秦漢文選』『두시』『당시』『공씨보孔氏譜』『석주오율石洲五律』 등은 내가 직접 비점을 찍은 것들이다. 모두 흩어져서 완전하지는 못했다. 『맹자』 같은 것은 네 책으로 나누었는데 그나마 그중 하나는 없어졌다.

이를 계기로 어린 시절을 떠올리게 되었다. 책을 좋아해서 입에는 항상 붓을 물고 있었고, 측간에서는 모래에 그림을 그렸으며 앉기만 하면 허공에 글씨를 썼다. 한번은 여름날 분판粉板에 글씨를 쓴다고 벌거벗은 채로 기어서 그 위에 올라앉았다. 무릎과 배꼽으로 흘러내린 땀방울을 먹물 삼아 이리저리 병풍이고 족자고 가리지 않고 임서臨書했다.

병자년(1756)에는 청교青橋 쪽으로 이사를 했는데, 청교의 담벼락에는 벌써 여백이 남아나지를 않았다. 아버님께서 다달이 종이를 내려주셨으므로 날마다 종이를 잘라 책을 만들었다. 책이라야 폭이 집게손가락 크기쯤 되어 두 질을 겹쳐놓아도 입으로 불면 날아갈 정도였다. 한 권을 묶어 완성하고 나면 번번이 이웃집 아이들이 달라고도 했고 혹은 낚아채서 달아나기도 했다. 그러므로 읽고 난 책은 반드시 두세 벌씩 베껴놓곤 했다. 이윽고 해마다 키가 한 자씩 자람에 따라 책의 크기도 한 마디씩 커져갔다. 아홉 살에 이 책 『맹자』를 만들었는데 이때 이보다 작은 것들이 한 말들이 상자에 가득찰 정도였다.

내가 열한 살 되던 경진년(1760)에 아버님께서 돌아가시고 나서 묵동으로 이사를 했다가 다시 필동으로 옮겼고, 또 묵동에 세를 들었다가 다시금 필동으로 들어갔다. 5, 6년 사이에 다 흩어져 없어져서 나의 유년 시절을 다시는 살펴볼 수가 없게 되었다. 그러니 이 책들이 소중한 것이다. 잘못 쓴 것을 고쳐가며 새로 단장하고, 없어진 것들을 이어 적으며 이렇게 말했다. "이것이 또한 나의 옛 모습이다. 옛것은 예스러움을 잃지 말아야 옳거늘 애석하게도 폭이 좁다보니 글자 뿌리를 잘라먹고 말았구나!"

이날 어머님께서 장롱 속에서 한 폭쯤 되는 푸른 깁으로 만든 반팔 저고리를 꺼내시며 말씀하셨다. "네가 세 살 때 입던 옷이란다." 내가 이 책을 가리키며 말했다. "옷이나 책이나 마찬가지네요." 손님이 곁에 있다가 장난으로 말했다. "쇠뿔에다 걸었더라면 이밀李密의 소가 꽤나 가벼워했겠는걸?" 내가 대답했다. "진시황이 책을 태웠을 때 복생伏生이 입으로 외운 것보다는 훨씬 낫고말고."

팔랑팔랑 호랑나비 같던 박제가의 어린 시절 모습이 이 글 속에 그대로 담겨 있다. 글의 첫 구절이 '쇄서지석曬書之夕'이다. 쇄서는 1년에 한두 차례 볕 좋고 바람 시원한 날 방안의 책을 모두 꺼내 바람 잘 드는 마루나 그늘에 펼쳐놓고 뽀송뽀송하게 말리는 독서인의 연중행사다.

장마철을 지나는 동안 꿉꿉한 방안에서 습기를 잔뜩 머금어 곰팡이가 피거나. 그 틈에 책벌레가 책 속에 복잡한 미로를 내면 책이 아예 못쓰게 된다. 다락방에 쌓아둔 책에는 쥐가 똥오줌을 싸놓기도 해서 냄새마저 고약하다. 이럴 때 시원한 선들바람에 책을 꺼내 마루와 마당 가득 펼치면 얼마 안 있어 바람결에 책장 넘어가는 소리가 챙챙댄다. 쇄서는 보통 초가을의 문턱인 칠석七夕에 했다. 이렇게 책갈피 사이에 시원한 바람을 한차례 불어넣어주고 나면 눅눅하다 못해 끈적대던 한지가 파닥파닥 되살아나 책장을 넘기는 손끝에 신명이 절로 붙었다.

이날 박제가는 다락방에서 먼지에 쌓여 있던 물건들을 죄 꺼내 마당에 있는 대로 늘어놓았다. 어린 시절의 갖은 장난감들이 쏟아져나왔다. 그 틈에서 그는 아버지가 다달이 내려주신 종이를 손바닥 크기로 잘라 만든 공책에 이 책, 저 글을 베껴 쓴 열 권 남짓한 책과 문득 조우했다.

슬픔도 아니고 기쁨도 아닌 감정! 잊고 있던 어린 시절의 나와 문득 대면하는 심정을 박제가는 이렇게 썼다. 다시는 되돌아갈 수 없는 시간, 나는 이렇게 훌쩍 커버렸구나. 배꼽과 무릎으로 흘러내린 땀방울을 붓에 찍어 분판에 글씨 연습을 하던 꼬맹이는 아버지가 세상을 뜨고 가난한 살림 때문에 몇 차례 셋집을 전전하는 동안 어느새 코밑에 거뭇거뭇한 수염 돋은 청년이 되었다.

"애! 이것 좀 보련? 네가 세 살 때 입던 옷이란다."

"어머니! 이것 좀 보세요. 제가 아홉 살 때 만든 책이에요."

"이 옷 입고 기어다닐 때 참 예뻤지."

"요런 꼬맹이 책을 읽으며 놀 때가 있었다니요. 그런데 어쩌다 이렇게 커버렸을까요?"

모자는 이런 대화를 주고받다가 다시 되돌릴 수 없는 그 시간의 언저리를 배돌며 눈꼬리를 적셨다.

우리 집 창고 속에도 둘째가 어릴 적 갖고 놀던 레고 블록과 조립형 로봇, 자동차 모형을 비롯해 딱지와 구슬 같은 것들이 잔뜩 든 상자가 있다. 제 엄마는 이미 다 큰 아이들의 배냇저고리를 장롱 한쪽에 귀하게 간직해두었다. 아이들이 제 아이를 낳으면 입히겠다며 옷 정리할 때면 한 번씩 꺼내 쓰다듬곤 한다. 아이들은 금세 자라 어른이 된다. 그리운 날들은 언제나 멀리 있다. 바람결에 챙챙거리며 책장 넘어가는 소리가 들리는 듯하다.

책벌레 이야기, 두어와 맥망

박제가가 포쇄曝曬하던 이야기를 읽었으니 책벌레 이야기를 조금 더 해야겠다. 다음은 박제가의 '절친'이었던 이덕무의 『선귤당농소蟬橘堂濃笑』에 나오는 이야기다.

흰 책벌레 한 마리가 내 『이소경離騷經』에서 추국秋菊·목란木蘭·강리江蘺·게거揭車 등의 글자를 갉아먹었다. 내가 처음에는 너무 화가 나서 잡아 죽이려 했었다. 조금 지나자 능히 향초 이름만 골라서 갉아먹은 것이 신통했다. 그 기이한 향기가 머리와 수염에 넘쳐나는지 살펴보고 싶어서 아이를 사서 반나절을 온통 뒤졌다. 홀연 책벌레 한 마리가 꿈틀꿈틀 기어나왔다. 손으로 이를 덮쳤는데 빠르기가 흐르는 물과 같아 달아나버렸다. 단지 은빛 가루만 번쩍이며 종이에 떨어졌을 뿐 책벌레는 끝내 나를 저버리고 말았다.

아끼는 『이소』를 오랜만에 꺼내드니 책의 행간에 책벌레가 온통 미로를 만들어놓았다. 하필이면 향초 이름만 골라 갉아먹었다. 화가 번쩍 나서 책장을 한 장 한 장 넘기며 온 방의 책을 작정하고 뒤지자 마침내 범인이 나타난다. 향초만 골라 먹은 녀석이니 잡아 문지르면 기이한 향기가 나겠지? 하지만 어찌나 잽싼지 종이 위에 은빛 가루만 떨어뜨리고 흔적도 없이 사라지고 말았다.

취미도 고상하구나 책벌레는. 하고많은 글자 중에서 하필 향초 이름만 갉아먹었다. 취향도 괴상하구나 주인은. 갉아먹었으면 갉아먹었지 벌레 한 마리 잡겠다고 그 수선을 떨었던가. 잡고서는 어찌해볼 참이었을까. 책벌레를 잡아 코에 넣어볼 참이었나? 은빛 가루만 종이 위에 떨구고 자취도 없이 사라져버린 책벌레.

책벌레는 잡아 문지르면 책 위에 은빛 가루의 자국만 남는다. 하지만 워낙 잽싸서 웬만해선 잡기가 힘들다. 요놈은 습기 머금은 책을 제 집 삼고 제 밥 삼아 야금야금 구불구불 책 속에 길을 내며 배를 불린다. 포쇄를 해서 종잇장이 짱짱해지면 그제야 슬그머니 책 밖으로 기어나온다. 책에서 습기가 사라지면 식욕을 잃고 마는 까닭이다.

옌칭도서관의 고서 중에서도 이 책벌레의 만행에 속수무책으로 당해 거의 침몰 직전 상태에 놓인 책을 여럿 보았다. 일본 고서 중에 책벌레의 공격을 받은 것이 유난히 더 많았다. 섬나라 습기가 많아 그랬나 싶기는 한데 분명치는 않다. 그중에서도 『임술한사약록王戌韓使略錄』은 조선통신사 관련 귀중한 필사본이다. 책벌레가 아예 마음먹고 활개를 치고 다녀 책이 허물어지기 직전이었다. 나는 옛 책을 조금만 함부로 다루면 대번에 야단을 치는 옌칭도서관 선본실의 터줏대감 후미코 할머니가 무서워서 그녀가 있을 때는 촬영할 엄두도 못 내다가 어느 날 오후 나 혼자 방에 있을 때 큰마음을 먹고 조심조심 넘겨가며 전권을 촬영해두었다. 이렇게라도 찍어두지 않으면 영영 볼 수 없을 것 같아서였다.

책벌레 중에 더 특별한 것에 맥망脉望이란 녀석이 있다. 여기에는 또하나의 재미난 고사가 전한다. 당나라 때 얘기다. 하풍何諷이란 서생이 있었다. 하루는 책을 보는데 책 속에서 직경 4촌쯤 되는 동그란 고리 모양의 벌레가 나왔다. 머리가 어딘지조차 알 수가 없었다. 하풍이 벌레의 중간을 끊자 끊어진 곳 양끝에서 물이 한 되가량 나왔다. 불에 태우니 머리카락 타는 냄새가 났다. 그가 이 일을 한 도사에게 얘기해주었다. 도사가 얘기를 듣더니 혀를 끌끌 차며 말했다. "두어蠹魚, 즉 책벌레가 책 속에 있는 신선神仙이란 글자를 세 차례 이상 갉아먹으면 변화해서 맥망이란 벌레가 된다네. 밤중에 하늘 별에다 이것을 꿰어 비추면 별

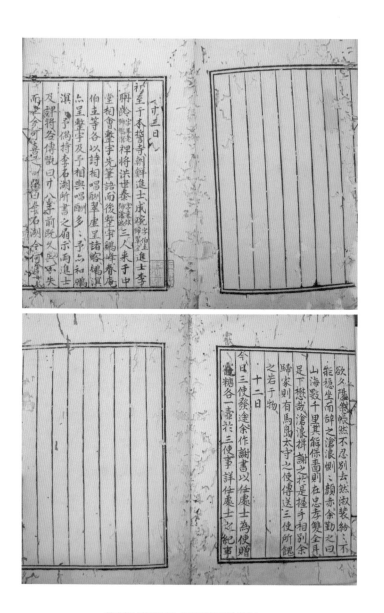

책벌레의 만행에 거의 초토화된 『임술한사약록』.

이 그 즉시 내려와 환단약還丹藥을 구할 수 있게 되지. 이것을 물에 타서 먹으면 그 자리에서 환골탈태하여 하늘로 날아오르게 된다네. 쯧쯧! 아깝구면." 하풍이 이 말을 듣고 자기 방의 책을 죄 꺼내서 벌레 먹은 곳을 살펴봤더니 과연 신선이란 글자만 골라서 다 파먹었다. 그제야 하풍이 탄복하였다. 『유양잡조酉陽雜俎』란 책에 나오는 이야기다.

그후 맥망에 대해서는 까맣게 잊고 있었는데, 지난해 성균관대학교 진재교 교수가 일본 교토 대학교의 김문경 교수와 함께 번역한 『평우록萍遇錄』이란 책을 보내주었다. 책 속에 내가 여러 해 동안 찾아 헤맸던, 기무라 겐카도가 성대중에게 선물한 〈겸가당아집도兼葭堂雅集圖〉가 실려 있었다. 기무라 겐카도는 나고야의 큰 상인이었고 그림과 글씨 전각뿐 아니라 박물학과 온갖 잡학에도 관심이 많았던 당시 일본의 르네상스인이었다. 조선통신사로 일본에 갔다가 그와 두 차례 만난 성대중이 겐카도에게 그들 그룹의 사랑방인 겸가당의 모습과 그 아집의 광경을 그려줄 것을 요청해 받았던 한일 문화 교류사의 금자탑이 될 만한 그림이다.

그림 뒤쪽에는 그의 사랑방을 출입했던 동인들이 쓴 시가 죽 실려 있었다. 그중 갈장葛張이란 이가 쓴 시 끝에 찍힌 도장 중 하나에서 생각지 않게 '맥망도인脈望道人'이라고 쓴 인장 하나를 발견했다. 18세기 당시 일본 한문학의 높은 수준을 나는 이 도장 하나로 알아봤다. 그는 자신의 별호도 아예 두암蠹菴, 즉 책벌레의

〈겸가당아집도〉에 실린 갈장의 친필 시와 '맥망도인' 인장(마지막에 찍힌 것).

집이라 부르고 있었다.

　옛 서생들은 날마다 책 속에 머리를 박고 그것을 양식 삼아 사는 책벌레와 자신을 동일시하곤 했다. 책에서 헤어나지 못하기는 매일반이고, 아무것도 이룬 것 없기도 한가지였다. 다음은 우암 송시열 선생이 자기 초상화에 써서 스스로를 경계한 글이다.

사슴과 무리 되어	麋鹿之羣
쑥대로 엮은 집에,	蓬蓽之廬
창 밝고 고요한데	窓明人靜
주림 참고 책을 본다.	忍飢看書

40

네 모습은 여위었고	爾形枯臞
네 학문은 공소하다.	爾學空疎
하늘 뜻을 저버리고	帝衷爾負
성인 말씀 어겼으니,	聖言爾侮
널 마땅히 책벌레의	宜爾置之
무리 속에 놓아두리.	蠹魚之伍

늘 읽어도 '창 밝고 고요한데 주림 참고 책을 본다'고 한 3, 4구가 참 좋다. 깊은 밤 창문에 달빛이 어려 환하다. 책장 넘기는 소리가 크게 들리니 새삼 주위가 고요한 줄을 알겠다. 배에서 꼬르륵 소리가 난다. 침 한번 삼키고 다시 책을 본다. 아름답지 않은가? 가난한 살림에 밤낮 책만 읽는다. 몸은 비쩍 말랐어도 공부는 특별히 이룬 것이 없다. 그러니 스스로 자신의 삶을 평가해볼 때 책벌레와 다를 바가 없다는 얘기다.

박세당朴世堂도 「책벌레蠹魚」란 제목의 시를 남겼다.

책벌레 몸뚱이는 책 속에서 살아가니	蠹魚身在卷中生
여러 해를 글자 먹어 눈이 문득 밝아졌네.	食字年多眼暫明
그래봤자 미물인걸 그 누가 알아줄까	畢竟物微誰見許
경전 훼손했단 이름 덮어쓰기 딱 좋다네.	秪應終負毀經名

책에 파묻혀 여러 해를 살다보니 글자깨나 알게 되었다. 하지만 끝내 이렇다 할 성취는 이루지 못했다. 남의 손가락질이나 안 받으면 다행이겠다는 얘기다. 이 책벌레는 바로 시인 자신이다. 이왕 먹는 것이라면 신선이란 글자만 골라 파먹어 맥망이나 되는 것은 어떨까?

고서 속의 은행잎과 운초

쓰루가야 신이치鶴ヶ谷真一의 『책을 읽고 양을 잃다』(이순, 2010)는 내가 아끼는 책 중 하나다. 글 가운데 일본의 장서인에 대해 소개한 글이 특별히 인상적이었다. 옌칭연구소에 온 뒤 문득 쓰루가야의 책에 소개된 장서인의 실물이 보고 싶었다. 그래서 하루는 책 속에 인용된 『속장서인보續藏書印譜』와 『일본의 장서인』 등의 책을 빌려내 왔다.

이 밖에도 장서인 관련 책을 잔뜩 빌려와 일단 책상 위에 쌓아놓았다. 과연 글로만 본 장서인의 인영印影이 책 속에 선명하게 찍혀 있었다. 반 노부토모伴信友의 장서인에는 "나 죽은 뒤 나를 대신해 소중히 보관해줄 사람을 기다린다. 반 노부토모 기身後俟代兒珍藏印伴信友記"라고 새겼다. 오쓰키 반케이大槻磐溪는 "그 사람을 얻어 전할 뿐 자손일 필요는 없다得其人傳, 不必子孫"고 새겼고, 스즈키

인문의 내용은 다음과 같다.

1. 나 죽은 뒤 나를 대신해 소중히 보관해줄 사람을 기다린다. 반 노부토모 기.
2. 그 사람을 얻어 전할 뿐 자손일 필요는 없다.
3. 온갖 비용 아껴가며 날마다 달마다 모았다.
4. 월씨 집안의 비급이니 훔쳐 읽어도 무방하다.

하쿠도鈴木白藤는 "온갖 비용 아껴가며 날마다 달마다 모았다節縮百費日月積之"라고 새겨놓았다.

쓰루가야의 책에는 책에 미쳐 책 주변을 떠나지 않았던 책벌레들의 흥미로운 일화도 많이 소개되어 있다. 그중에서 특히 고서 속의 은행잎에 관한 글이 인상 깊었다. 그는 고서를 넘기다가 물기 하나 없이 바싹 마른 나뭇잎을 발견한 일에 대해 적었다. 그는 반으로 접어 실로 묶은 고서의 틈새에 숨기듯 끼워둔 잎을 발견하고는 별 생각 없이 무심코 창밖으로 내던졌다. 몇 해 뒤 그는 우연히 나가이 가후永井荷風, 1879~1959의 수필집 『겨울날의 파리』 속에 실린 「낙엽의 기록」이란 글을 읽다가 책갈피에 끼워진 낙엽에 대한 의문을 풀게 된다.

고서를 사거나 건조시키고 있으면 책장 사이에 은행나뭇잎이나 나팔꽃잎이 끼워진 채로 마른 것을 볼 수 있다. 장서를 사랑한 나머지 누가 언제쯤 한 일일까? 주인은 세상을 떠나고 책은 주인을 바꾸어가며 모르는 사람의 수중에 들어가고, 또 모르는 세상의 모르는 사람 손으로 건너간다. 책벌레를 막는 은행나뭇잎, 나팔꽃잎은 말라서 책벌레와 함께 종이보다도 가볍게 창문 밖의 바람에 날려서 사라질 것이다.

아, 책 속의 은행잎은 책벌레를 막기 위한 조처였던 것이다.

「왕요봉문선王堯峰文選」에 끼어 있던 은행잎.

그제야 그는 자신이 그간 창밖으로 날려 보낸 낙엽이 아깝다는 생각이 들었다고 했다.

하루는 옌칭도서관에서 일본 고서를 빌려 읽는데 책장 안쪽에 거무스레한 그림자가 얼비쳤다. 은행잎이었다. 이게 바로 쓰루가야가 책에서 말한 그 은행잎이로구나 싶어 종이 사이를 조심스레 벌려 은행잎을 꺼냈다. 100년 전의 가을, 일본의 어느 장서가가 책벌레를 막으려고 책갈피에 꽂아둔 은행잎을 미국의 도서관에서 내가 찾아내 그 냄새를 맡는다고 생각하니 둘 사이에 무슨 묘한 인연이라도 닿은 듯싶어 기분이 야릇했다.

은행잎은 이미 밤색에 가깝게 변색되어 있었다. 찰칵 사진을 찍었다. 그러고는 창밖으로 내던지는 대신 원래 있던 자리에 곱게 넣어두었다. 사람 책벌레가 책 파먹는 책벌레를 막으려고 책갈피에 꽂아둔 은행잎! 비록 방충의 임무는 다 마쳤지만 잎을 버리면 책을 아끼던 그 마음마저 사라질 것 같아서 버릴 수가 없었다.

고운 빛깔의 단풍잎을 주워 책갈피에 꽂던 기억은 누구에게나 있을 것이다. 어느 날 펴든 책갈피에서 바싹 말라 쫙 펴진 잎을 발견하면 그 잎을 주웠던 가을의 풍경이 어렴풋이 떠오른다. 선명한 붉은색 중간에 구멍이 뻥 뚫린 길쭉한 잎은 어느 해 가을인가 아내와 함께 광주 무등산에 올랐을 때 정상 근처에서 주웠던 것이다. 그날 물이나 요깃거리도 없이 동네 뒷동산 오르듯 올랐다가 죽을 고생을 했던 기억이 새록새록 떠오른다. 파란빛의

넓은 녹색 잎은 『압엽기壓葉記』를 읽었던 어느 날, 잎새 위에 정말 붓글씨가 잘 써지는지 보려고 넣어두었다가 까맣게 잊었던 것이다. 어느 해인가는 가로수에서 떨어진 빛바랜 넓은 잎새를 작정하고 주워와 큰 사전류의 책 속에 잔뜩 꽂아놓고 말렸다. 바싹 말라 쫙 펴진 잎에 붓글씨로 좋은 시구나 구절을 써서 문구점에서 비닐 코팅한 후 가까운 이들에게 하나씩 선물로 주었다. 이것은 추억이 되고 화선지가 된 낙엽 이야기다.

예전 방충용으로 책 사이에 꽂아두었던 풀로는 은행잎 말고 운초芸草가 더 있다. 운초는 천궁川芎 또는 궁궁이라 부르는 미나리과의 여러해살이풀이다. 칠리향七里香과 영향초靈香草라는 별칭이 있을 만큼 향이 강해 약재로 쓰고 방충의 효과도 탁월하다. 경락을 통하게 해서 신경을 안정시키는 약효도 있다. 그래서 장서가들이 흔히 방충용으로 이것을 책갈피에 꽂아두곤 했다. 보통 서적의 별칭으로 운질芸帙이니 운편芸編이니 하는 용어를 쓰고 서재에 달린 창을 운창芸牕이라 부르는 것은 이 때문이다. 또 운각芸閣은 국가에서 서적을 출판할 때 교정을 담당하던 관청인 교서관校書館의 별칭이기도 하다.

명나라 진계유陳繼儒의 『진주선眞珠船』에는 이렇게 써 있다.

옛사람은 장서에 좀벌레를 막기 위해 운초를 썼는데 운초는 향초이다. 지금 사람들이 칠리향이라 하는 것이 바로 이것이다. 잎사귀는 완두와 비슷하다. 작은 덤불을 이루어 자란다. 남쪽 사람들은 이것을 캐서 방석 아래 두는데 능히 벼룩과 이를 없앨 수가 있다.

이 기록을 보면 운초는 책벌레만 잡는 것이 아니라 벼룩과 이조차 몰아낼 수 있는 위력적인 풀이었다.

옌칭도서관의 『고운당필기古芸堂筆記』라는 책 중앙에는 '고운서옥古芸書屋'이라고 판심版心에 선명하게 찍혀 있다. 후지쓰카가 한때 소장했던 책이다. 고운당은 유득공의 당호다. 정조 때 교서관을 돈화문 앞으로 옮겼는데 유득공은 이현泥峴의 옛 교서관 터 위에 자신의 집을 지었다. 그는 이를 기념해서 '예전 운각이 있던 자리에 지은 집'이란 뜻으로 자신의 당호를 고운당으로 지었다. 지금 남산 아래 숭의여자대학교 본관 너머 제1별관 자리가 예전 교서관이 있던 곳이다.

나는 운초의 생김새가 갑자기 궁금해져 인터넷을 검색해서 그 모양을 기억해두었다. 그리고 얼마 뒤에 옌칭도서관 고서의 책갈피에서 운초의 실물도 마침내 찾아볼 수 있었다. 운초는 향이 워낙 강해 수십 년이 지나도 흩어지지 않는다. 보통은 베주머니에 말린 운초를 담아 책장 사이에 놓아둔다. 직접적으로 책갈피에 꽂아두기도 한다. 여러 해 사용해서 향이 감소해도 꺼내서 햇볕만 쐬어주면 향기가 회복된다고 한다.

송나라 때 매요신梅堯臣은 「서재西齋」 시에서 "그대여 책시렁에 운초를 더 넣어서, 그 중간에 좀벌레를 남겨두지 말아주오請君架上添芸草, 莫遣中間向有蠹魚"라고 노래했다. 청나라 때 손지위孫枝蔚가 「좀벌레蠹魚」란 시에서 "운초는 과연 능히 그 공로가 대단하니, 적 목 베어 개선한 장군과 한가질세芸草果能立功效, 獻馘秦凱將同看"라고 한 것만 봐도 운초의 막강한 방충 효과를 알 수 있다.

홍만선洪萬選은 『산림경제山林經濟』에서 「서화 보관법」의 항목을 따로 두었는데 그 내용이 이러하다.

무릇 서화는 마땅히 매우梅雨가 오기 전에 아주 건조하게 말려둬야 한다. 글씨는 궤櫃에 넣어 종이로 궤와 갑의 틈새를 두껍게 발라 바람이 통하지 않게 하고, 봄 장마철이 지난 뒤에 열면 습기가 스미지 않는다. 대개 습기는 공기가 밖에서 들어와 생긴다. 옛사람은 서화를 보관할 때 흔히 운향芸香을 써서 좀벌레를 쫓았다. 사향麝香도 좋은데 장뇌樟腦를 사용해도 괜찮다고 한다.

『거가필용居家必用』이란 책에서 끌어온 내용이다. 봄장마가 시작되기 전에 상자 속에 밀봉해서 넣어두었다가 꺼낸다. 중간에 어쩔 수 없이 꼬이는 책벌레는 운향이나 사향을 넣어 이중으로 차단한다. 습기를 차단했는데도 습기가 스며 책벌레가 생기면 운향이 그다음 단계를 책임질 수 있다는 얘기다.

고서 속의 은행잎과 운초! 책을 아껴 사랑하던 옛사람들의 정취가 깊이 밴 향기다.

옛 책 속에서 죽은 모기

옛 선비들을 가장 괴롭혔던 것은 무엇
이었을까? 시카고 대학교에서 이곳 하버드 대학교로 도서관 간
대출로 어렵게 빌려온 이조원의 『속함해續函海』의 책갈피에서 공
무 수행중 순직한 모기의 유해를 보았다. 몇 쪽 건너 한 마리꼴
로 책갈피에 눌린 채 붙어 있었다. 한 쪽에서 두 마리가 동시에
발견되기도 하고, 심지어 세 마리가 발견되기도 했다. 이건 뭐
'쥐라기 공원'도 아니고, 적어도 100년은 더 되었음직한 청나라
때 모기를 이곳 미국 도서관의 열람실에서 관찰하게 된 일이 미
상불 흥미로웠다.

가만히 그 정경을 떠올려보았다. 여름날 낮에 끈적끈적 녹아
내릴 듯 후끈 달아오른 대지가 내뿜는 열기로 깊은 밤까지 무더
위는 요지부동이다. 그 와중에 등불을 켜고 책상 앞에 앉아보지

만 땀은 비 오듯 흐르지 바람은 잠잠하지, 책장이 좀체 넘어갈 줄 모른다. 풀풀 나는 땀냄새를 향기로 알고 불 밝힌 방안으로 온갖 벌레들이 다 날아든다. 나방처럼 덩치가 큰 녀석도 있고, 벼룩처럼 작은 놈도 있다. 무엇보다 위협적인 것은 모기다. 귓가에 앵앵하는 소리가 들리면 가물가물하던 정신이 화들짝 돌아온다.

그런데 이놈의 모기가 어디 한두 마리라야 잡든지 말든지 하지 방안 가득 웽웽거려대면 정신이 하나도 없다. 이놈들이 겁도 없어 책갈피로 올라앉아 내 손가락을 노리고 접근한다. 그는 책을 편 채 가만히 있다가 느닷없이 책장을 탁 덮어버린다. 한 마리 잡았다. 잠시 후 한 장을 넘기니 또 한 마리가 내려앉는다. 다시 탁 쳐서 한 마리를 잡는다. 이제 독서는 뒷전이고 모기에만 신경이 다 가 있다. 그의 신기록은 한 번에 모기 세 마리를 잡은 것이다. 아예 책을 펴들고 모기가 접근하기를 기다려 책장을 탁 탁 덮어 책을 모기채 대용으로 쓰며 잡았다.

이렇게 해서 『속함해』의 『청비록』과 『우촌시화』 속에 10여 마리의 모기가 형해形骸로 남았다. 피는 묻지 않은 것으로 보아, 요 녀석들은 피맛을 채 보지도 못한 채 비명횡사한 것이 분명하다. 책에 끼어 죽은 모기의 시신조차 수습하지 않은 것을 보면, 책 주인은 책을 그다지 소중하게 간수하지 않는 신실치 못한 선비였던 것 같다. 아니면 그날 밤 모기와의 처절했던 전쟁을 기념하기 위한 의식 같은 것이었을까? 그도 아니면 그 시신을 보고 살

시카고 대학교 도서관 소장 「속함해」의
책갈피에서 압사당한 모기.

아 있는 놈들이 질겁을 해서 얼씬하지도 못하게 하려 한 주술용
이었을 수도 있겠다.

예전 문집을 보면 벌레를 향한 한없는 증오를 노래한 시들이
한두 수씩은 들어 있다. 모기장을 집집마다 갖춘 것도 아닐 테고
모기약도 없던 때라 여름철이면 속수무책으로 모기에게 제 살과
피를 내줄 수밖에 다른 도리가 없다. 어쩔 수 없어 뜯기긴 해도
가증스럽다.

다산 선생도 「모기를 증오함憎蚊」이란 제목의 시를 한 수 남겼
다. 강진 유배 초기 쉴새없이 물어대는 모기를 못 견뎌 미물을
향해 애꿎은 증오를 퍼부었다. 모기 앞에는 장사가 없다. 학문적

54

수양도 무소용이다.

사나운 범 울 밑에서 으르렁대도	猛虎咆籬根
내 능히 코 골며 잠잘 수 있고,	我能齁齁眠
구렁이가 집 모퉁이 걸려 있어도	脩蛇掛屋角
그저 누워 꿈틀댐을 구경한다네.	且臥看蜿蜒
모기 한 놈 앵앵대는 소리 귀에 들리면	一蚊譻然聲到耳
기겁해 담 떨어져 오장이 졸아붙네.	氣怯膽落腸內煎
주둥이를 박아서 피나 빨면 그만이나	揷觜吮血斯足矣
독을 쏘아 뼛속까지 스며드니 어찌하리.	吹毒次骨又胡然
삼베 이불 꼭 덮고서 이마 겨우 내놓아도	布衾密包但露頂
잠깐 만에 울퉁불퉁 부처 머리 같아진다.	須臾瘣瘟萬顆如佛巓
제 손으로 제 뺨 쳐도 허탕 치기 일쑤요	煩雖自批亦虛發
허벅지 급히 쳐도 먼저 알고 달아나네.	髀將急捫先已遷
싸워봐야 소용없어 잠을 아예 못 이루니	力戰無功不成寐
지루한 여름밤이 1년과 맞잡일세.	漫漫夏夜長如年
네 자질 잗달고 종족도 미천커늘	汝質至眇族至賤
어이해 사람 보면 침부터 흘리느뇨.	何爲逢人輒流涎
밤에 다님 참으로 도둑 심보니	夜行眞學盜
피를 먹음 어진 이가 어이하리오.	血食豈由賢
예전에 규장각서 교서할 때 떠올리면	憶曾校書大酉舍

건물 앞에 푸른 솔과 흰 학이 서 있어서,	蒼松白鶴羅堂前
6월에도 파리조차 꼼짝하지 못하였고	六月飛蠅凍不起
대자리서 편히 쉬며 매미 소릴 들었었네.	偃息綠簟聞寒蟬
지금은 흙바닥에 거적 깔고 지내느니	如今土床薦藁鞂
내가 너를 부른 게지 네 잘못 아니로다.	蚊由我召非汝愆

모기와 전쟁하던 그날 밤 유배지 처소의 풍경이 눈에 그릴 듯
선하다. 견디다 견디다 못해 시로 모기를 탄핵할 생각을 다 했
다. 하지만 기세 좋게 시작한 성토는 자기 탓을 하며 꼬리를 내
리는 것으로 끝이 난다. 안쓰럽고 민망하다.

이덕무가 『한죽당섭필寒竹堂涉筆』에서 모기 주둥이의 모양새에
대해 쓴 글이 있다. 글 제목이 「꽃 주둥이 모기花喙蚊」다.

범성대范成大가 모기를 읊은 시에서 '화훼花喙', 즉 꽃 주둥이라
는 표현을 썼다. 내가 사근역沙斤驛에 온 것이 6월과 7월 어름이
었다. 밤이면 모기떼가 발[簾] 틈새로 파고들어와 야금야금 벽
모서리로 들어오는데 동그란 배가 탱탱했다. 숫자가 얼마인지
도 몰랐다. 아이를 시켜 등불을 가져와 박멸하게 해도 잠시 뒤
에는 또 와서 살을 물어 견딜 재간이 없었다. 그 모양새는 날
개와 다리는 가늘고 약한데 주둥이는 코끼리 코와 같다. 서 있
을 때는 반드시 주둥이로 버텨 날개는 들고 다리는 뒤로 물렸

다. 그래서 범성대가 말한 꽃 주둥이란 것을 살필 수가 없었다. 마문麻蚊이라 부르는 베모기가 가장 독하고, 죽문竹蚊이란 이름의 대모기는 조금 덜하다. 내가 규장각의 이문원摛文院에 숙직할 때 이문원의 벽에도 모기가 많았다. 8, 9월이 되면 다시는 살을 쏘지 않았다. 벽에 앉은 것을 자세히 살펴보니 모기마다 주둥이 끝이 더부룩해 마치 연꽃 같았다. 그제야 꽃 주둥이란 표현이 썩 잘된 비유인 줄을 알았다. 뒤에 양신楊愼의 『단연록丹鉛錄』을 읽는데, "안개가 피어날 때 게와 자라 살 빠지고, 이슬지면 모기의 주둥이가 갈라진다"는 표현이 있었다. 옛사람이 사물의 모양을 점검하여 살핌은 사소한 것도 빠뜨리지 않고 이처럼 정밀하고 미세하였다.

우리말에도 처서에는 모기 턱이 빠진다는 말이 있다. 요즘은 초겨울까지 모기가 극성을 떤다. 그 밖에 증오할 대상에 파리와 빈대, 벼룩, 이 등 온갖 물것들이 더 있었다. 시인들은 자신의 붓 끝으로 퍼부을 수 있는 최상의 저주를 이들 미물에게 퍼부었다. 옛 책 속의 모기를 보다가 한참 생각이 딴 데 가서 놀았다.

투인본, 채색 인쇄된 고서

유금柳琴이 연경으로 가져간 『한객건
연집韓客巾衍集』에 이조원과 반정균이 평評과 비批를 달았다. 두 사
람은 서로 다른 색 먹을 써서 자신의 것을 남의 것과 구분했다.
매 평마다 누구의 것이란 표시를 하지 않고, 첫머리에 표제 아래
'청평이靑評李, 주평반朱評潘'이라 해서 푸른색 평은 이조원의 것이
고, 붉은색 평은 반정균의 것임을 밝히는 것으로 대신했다.

지금은 2도 인쇄도 있고 컬러 인쇄도 있지만, 예전 고서에도
컬러 인쇄가 있었을까? 흔하지는 않았지만 당연히 있었다. 흑백
만이 아닌 두 종류 이상의 색깔을 입힌 인쇄물을 투인본套印本이
라 한다. 일반적으로 주묵朱墨 2색의 투인본이 가장 많다. 주묵본
朱墨本이라고 부른다. 이 밖에 3색, 4색, 가장 많게는 7색 인쇄까
지 있었다. 컬러가 바뀔 때마다 해당 인쇄면을 판을 다시 얹고

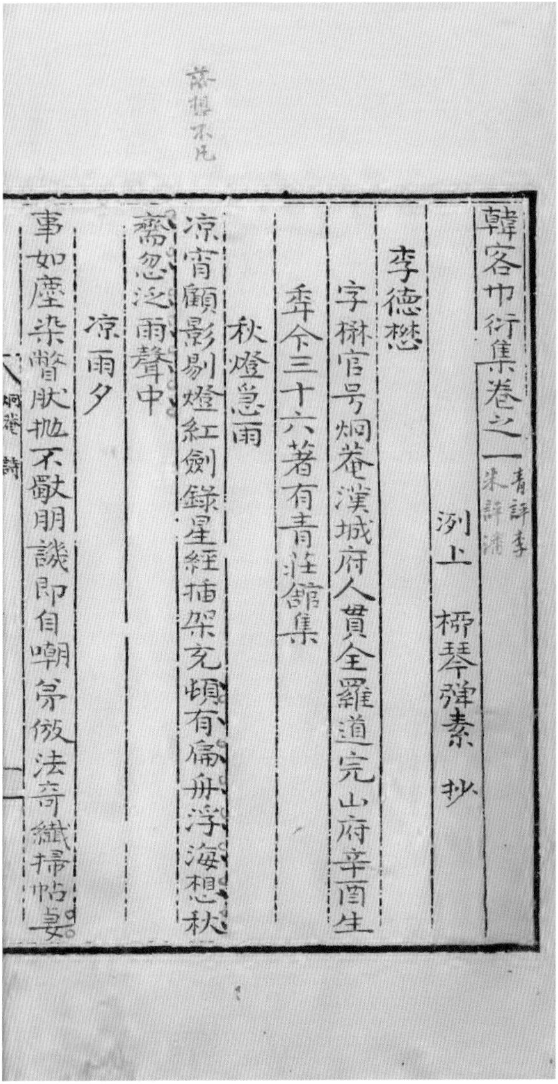

韓客巾衍集卷之一　　青莊李　泠齋諸

　　　　　　　　　　洌上　柳琴彈素　抄

李德懋

字懋官号炯菴漢城府人貫全羅道完山府辛酉生

年今三十六著有青莊館集

秋燈憩雨

凉宵顧影剔燈紅劍錄星經插架充頓有編册浮海想秋

齋忽泛雨聲中

凉雨夕

事如塵染瞥然拋不猒朋談即自嘲崇倣法奇纖掃帿

버클리 대학교 동아시아도서관 소장본 「한객건연집」 첫 면.

1685년 간행된 옌칭도서관 소장 5색 투인본 「고문연감」.

새로 찍어야 했기 때문에 보통 손이 많이 가는 일이 아니었다. 자칫 하나라도 잘못 찍으면 앞서 작업한 것을 다 날려야만 했다. 명나라 때 발명된 분판分版 분색分色 투인 기술과 요철凹凸 인쇄 기술이 발전하면서 판화에 채색을 입히는 인쇄도 보편화되었다. 처음에는 일판분색一版分色 투인법으로 하던 것이 명대 이후 분판 분색 투인법으로 발전하면서 섬세한 색채 반영이 용이해졌다.

하버드 옌칭도서관 선본실에도 이 투인본이 적지 않게 있을 터인데 어쩐 일인지 쉽게 눈에 띄지 않았다. 상하이 푸단復旦 대학교 도서관에서 파견 온 목록학 전공의 룽샹양龍向洋 선생에게 투인본에 대해 물어보았다. 바로 설명을 잘해준다. 책의 실물이 있느냐고 했더니 꽤 있다고 한다. 이곳 도서관에 있는 것은 5색

南華經卷一

内篇

逍遙遊第一

北冥有魚其名爲鯤鯤之大不知其幾千里也
化而爲鳥其名爲鵬鵬之背不知其幾千里也怒

焉

公大人不能器之楚威王聞莊周賢使使厚幣
迎之許以爲相莊周笑謂楚使者曰千金重利
卿相尊位也子獨不見郊祭之犧牛乎養食之
數歲衣以文繡以入太廟當是之時雖欲爲孤
豚豈可得乎子亟去無汚我我寧游戲汚瀆之
中自快無爲有國者所羈終身不仕以快吾志

분판된 각 색깔의 의미를 설명한 『남화경』의 첫 면.

투인본까지라고 알려준다. 이튿날 도서관에 가니 그가 하루 만에 도서관에 있는 각종 투인본 자료를 다 검색해서 93종의 목록을 만들어 건네준다.

기분이 좋아져서 그중 명대에 간행한 『남화경南華經』 16권을 빌려냈다. 4색 투인본이다. 5색 투인본인 『고문연감古文淵鑑』도 빌렸다. 이 책은 1685년에 간행된 것이다. 『남화경』의 첫 면에는 각 색깔이 지시하는 의미를 적어놓았다.

자색: 송宋 임권재林廌齋 구의口義

청색: 유수계劉須溪 점교點校

적색: 명明 왕봉주王鳳洲 평점評點

부附 진명경陳明卿 비주批註

흑색: 집제명가輯諸名家 평석評釋

자주색은 송나라 때 임권재란 이가 한 뜻풀이를 모은 것이고, 청색은 유수계가 본문에 찍은 푸른 권점圈點과 상단의 교정 사항을 보여준다. 적색은 명나라 때 왕봉주가 찍은 붉은 권점과 평설, 그리고 진명경의 주석을 표시한다. 본문보다 짙은 검은색은 그 밖의 여러 명가들이 해당 구절을 풀이한 내용을 참고 자료로 제시한 것이다. 이 경우는 모두 첫 부분에 그 말을 한 사람의 이름이 먼저 나온다.

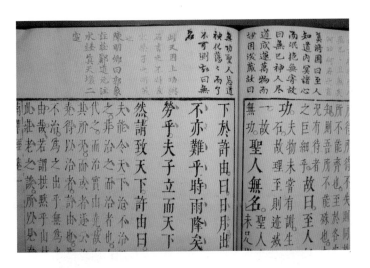

앞서의 설명에 따라 색깔별로 다른 의미를 나타내는 「남화경」 본문에 대한 풀이 글들.

그러니까 이 책은 『남화경』, 즉 『장자』의 여러 종 주해서를 한 권에 묶은 종합선물세트다. 송대부터 명대까지의 주요 성과에 주목할 만한 제가의 평까지 부분적으로 곁들여 그 많은 책을 일일이 찾아보지 않아도 이 책 한 권으로 『장자』에 대한 여러 학설을 한눈에 살펴볼 수 있다.

『고문연감』은 어제御製 서문이 붙은 만큼 나라에서 돈을 들여 황명皇命으로 찍은 고급판이다. 황홍주청흑黃紅朱靑黑의 5색을 썼다. 각각의 색깔마다 취급하는 정보가 구분된다. 청색은 전대 학자들의 견해를, 홍색은 내각 신하들의 의견을, 황색은 구절에 대한 주석과 풀이를 담당하는 식이다. 독자는 본문을 읽다가 색깔이 지시하는 안내에 따라 더 심화된 정보에 접근할 수 있다.

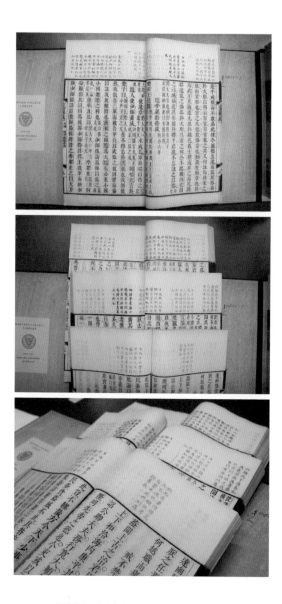

각 색깔별로 화려하게 분판 인쇄한 투인본 「고문연감」.

청대 이후 인쇄술은 채색 그림의 투인본과 채색 시전지詩箋紙의 인쇄로 더 발전했다. 화가의 그림을 인쇄해서 찍으면 진품과 잘 구분하지 못할 정도여서, 지금도 예전에 찍은 투인본을 놓고 진품 소동이 벌어지곤 한다. 당시 문인들이 각종 원고지나 시전지에 부린 호사는 말로 할 수 없을 정도다. 조선 문인들도 중국을 가면 각종 채색 시전지를 비싼 값에 사와서 자신이 쓰거나 남에게 선물로 주곤 했다. 두꺼운 장지를 다듬이질해서 표면 처리를 한 뒤에 글씨 쓰는 맛도 좋았지만, 수입한 중국제 컬러 시전지에 편지를 쓰거나 시를 적는 맛은 완전히 새로운 느낌을 주었을 것이다.

그 뒤로 나는 한동안 틈만 나면 룽 선생이 건네준 목록 속의 투인본을 하나씩 꺼내와서 행간을 천천히 음미해보는 취미를 붙였다.

빨간 책 이야기

          빨간 책이라고 하면 엉뚱한 상상을 하는 분들이 있겠다. 2013년 2월 19일, 옌칭도서관에 갔더니 마침 한국 국립중앙도서관에서 사서 두 분이 와 계셨다. 옌칭도서관의 고서 현황 파악과 디지털화 작업을 위한 조사차 온 걸음이었다. 반갑게 인사를 나누었다. 강미경 사서가 내게 선본실 자료 중 디지털 작업이 우선적으로 필요한 책을 골라줄 수 있겠느냐고 해서 넷이 함께 선본실 서고로 들어갔다. 서가 사이를 오가며 얘기를 나누던 중 내 뒤쪽에 서 있던 강선생의 발끝이 맨 아래 칸에 튀어나온 고서 한 권에 스치는 통에 책이 바닥에 툭 떨어졌다.

  강선생이 놀라 얼른 책을 드는데 이게 웬일인가, 제첨 글씨가 영락없는 후지쓰카의 것이었다. "잠깐만요! 그 책 좀 줘보세요." 그래서 생각지 않게 후지쓰카 컬렉션 목록에 다시 한 권이 추가

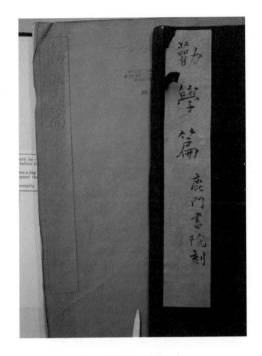

『권학편』 표지와 붉은색 내지.

되었다. 도서관에서 이런 일이 일어난 것은 한두 번이 아니었다. "제가 한 권 더 찾아드린 셈이네요." 우리는 같이 웃었다.

책을 들고 열람실로 돌아와 펼쳐보았다. 『권학편勸學篇』이란 표제가 붙은 책인데 19세기 말 고등교육의 방향과 목표에 대해 기술한 내용이었다. 오늘날 대학 교육의 기본 선언쯤에 해당하는데 내용이 조목별로 되어 있어 당시 신교육에 대한 인식을 들여다보기에 맞춤했다. 표제 글씨만으로는 아무래도 미심쩍어 들춰보니 아니나 다를까 후지쓰카의 친필 메모가 책갈피에서 툭 튀어나온다. 틀림없는 그의 구장본舊藏本이었다. 그런데 이상하게도 책 전체가 온통 붉은색으로 인쇄되어 있었다. 한마디로 빨간 책이었다.

뒤에 과천문화원에서 펴낸 『후지츠카의 추사연구자료』란 책에 실린 대담 「후지츠카는 누구인가?」란 글을 읽었다. 그중 미군의 도쿄 공습으로 대동문화학원 자료실에 산더미같이 꽂혀 있던 후지쓰카의 4만 권 장서가 모두 잿더미로 변한 날 아침의 풍경을 후지쓰카의 제자 미즈카미 시즈오水上靜夫가 언급한 대목이 있었다.

3월 10일의 공습으로, 아키나오明直 씨가 있는 앞에서 그런 것을 말하는 것은 뭣하지만, 전부 공습으로 불탔다는…… 마침 제가 아침 일찍 달려갔어요. 선생님도 오셨어요. 불탄 재가 거의 20센티 정도 쌓여 있었어요. 불타고 남은 책을 조심해서 넘겨보면, 아직 글자가 남아 있어요. 그것을 보고 선생님은…… 정말 반나절 정도 같이 있었는데 계속 불탄 주위를 저도 따라다녔습니다. 정말로 돈으로 몇십 억이라 하기보다는, 훌륭한 것들을, 그 안에는 저도 보여주어서 봤습니다만, 손이양孫詒讓이 자기 저서에 자기 도장을 찍은 것 등이 포함되었지요. 최초로 출판되기 이전에는 책을 붉게 인쇄합니다. 그 저자로부터 받은 책 같은 것을 하나하나 펼쳐서 선생님께서 보여주셔요. (…) 정말 대체적으로 망한려의 8할 이상의 책은 대동에 있었지

요. (과천문화원 편, 『후지츠카의 추사연구자료』, 과천문화원,
2008, 262쪽)

수십 년간 모은 책이 하루아침에 재로 변한 광경을 지켜보던
그의 마음이 정말 어땠을까 생각하니 나까지 기가 턱 막혀오는
느낌이었다.

한편 나는 이 대목 중 '최초로 출판되기 이전에는 붉게 인쇄합
니다'란 부분에서 무릎을 탁 쳤다. 아하! 붉은 책은 초교를 보기
위한 교정쇄를 묶은 책이었다. 오늘날로 치면 출판사에서 저자
에게 보내는 초교지인 셈이다. 후지쓰카는 1921년 베이징 체류
시 유리창 서점가에서 날마다 살다시피 하여 새로 간행하기 위
해 붉은색 교정지 상태로 돌아다니던 책까지 구입해서 소장했던
것이다. 후지쓰카 구장의 『권학편』 빨간 책은 잔혹했던 그날의
폭격에도 요행으로 살아남았다가 이곳 옌칭도서관까지 흘러들
어온 것이었다. 그만큼 귀하게 여겼다는 뜻이기도 하다. 생각이
여기에 미치자 갑자기 마음이 숙연해졌다.

이후 빨간 책에 흥미가 생겨서 웨이리韋力가 쓴 『고서수장古書收
藏』(랴오닝화보출판사, 2004)이란 책을 살펴봤더니 홍인본紅印本에
대한 설명이 있었다.

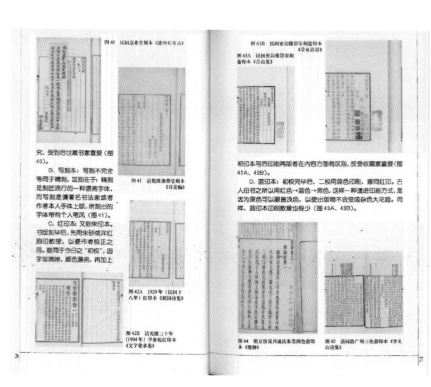

图40 民国嘉业堂刻本《邺州石室法》

图41 清乾隆潘莲喜堂刻本《习是编》

图42A 1929年（民国十八年）红印本《缃园诗集》

图42B 清光绪三十年（1904年）学务处红印本《文字蒙求卷》

图43A 民国密韵楼影宋刻蓝印本《青山集》

图43B 民国密韵楼影宋刻蓝印本《草窗韵语》

图44 明万历吴兴凌氏朱墨两色套印本《楚辞》

图45 清同治广州三色套印本《李义山诗集》

究，受到后世藏书家喜爱（图40）。

B. 写刻本：写刻不完全等同于精刻，区别在于：精刻是刻匠流行的一种漂亮字体，而写刻是请著名书法家或者作者本人手体上版，所刻出的字体带有个人笔风（图41）。

C. 红印本：又称朱印本。书版刻毕后，先用朱砂或洋红刷出数部，以便作者校正之用。颇同于今日之"初校"，因字划清晰，颜色漂亮，再加上

初印本与后印刷再版者在内容方面有区别，故受收藏家喜爱（图42A、42B）。

D. 蓝印本：初校完毕后，二校用蓝色印刷，颇同红印。古人印书之所以用红色→蓝色→黑色，这样一种递进印刷方式，是因为深色可以覆盖浅色，以使出版物不会变成杂色大花脸。同样，蓝印本印刷数量也很少（图43A、43B）。

주인본과 남인본을 설명한 웨이리의 책.

홍인본

주인본朱印本이라고도 한다. 책의 판각을 마친 뒤 먼저 주사朱
砂나 양홍洋紅으로 몇 부를 인쇄해서 작자에게 교정용으로 제공
된다. 오늘날의 초교와 같다. 글자가 몹시 선명하고 빛깔이 아
름다운데다 다시 초인본에 추가해서 후쇄 재판본과 내용 면에
서 구별이 되므로 수장가들이 좋아하여 아낀다.

전문 용어로 이 빨간 책은 홍인본 또는 주인본으로 불렸다.
선본실 서가를 뒤졌더니 의외로 적지 않은 수의 빨간 책들이 잇
달아 발견되었다. 그 안에 교정의 흔적은 없는 것으로 보아 당시
여벌로 몇 부 찍었던 것들이 호사가의 손을 타고 유통되었던 것
으로 짐작되었다. 포갑에 든 『호북금석지湖北金石志』와 『오흥현지吳
興縣志』『관제명성경關帝明聖經』『상우묘옥소고賞雨茆屋小藁』 등 몇 종을
더 찾아냈다. 한마디로 책이 온통 시뻘겋다.

어떤 책은 홍인본 상태에서 돌연한 사정으로 따로 출간되지
못한 채 사라지기도 했다. 특별히 이런 책은 수장가들이 집중해
서 노리는 이른바 '레어템'이었다. 웨이리의 책을 보니 남인본藍印
本에 대한 설명도 있다.

남인본

초교를 마친 뒤 재교용으로 찍은 푸른색 인쇄다. 의미는 홍

71

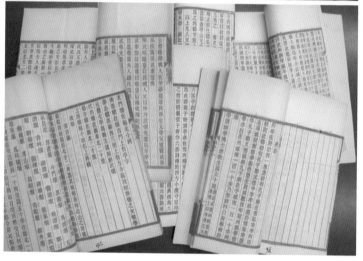

「호북금석지」 「오흥현지」 「상우묘옥소고」 표지 등 주인본.

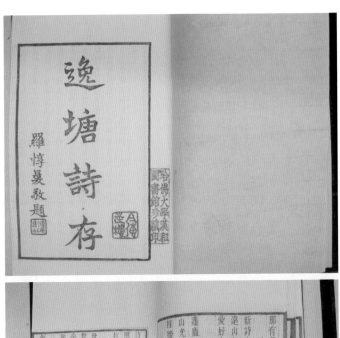
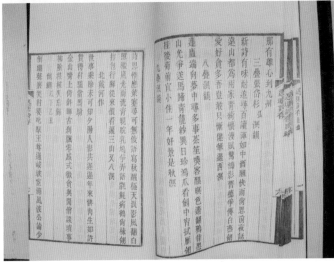

「일당시존」 표지와 내지.

인본과 같다. 옛사람은 책을 인쇄할 때 붉은색→푸른색→검은색의 순서로 찍었던 셈이다. 이처럼 일종의 단계별 인쇄 방식은 짙은 색이 옅은 색을 덮어 가릴 수 있기 때문에 출판물이 잡다한 빛깔로 변하지 않게 하기 위한 것이다. 남인본의 인쇄물도 수량이 몹시 적다.

내친김에 남인본도 더 찾아보았다. 마침내 『일당시존逸塘詩存』이란 책 한 질을 찾아냈다. 이번에는 책이 온통 푸르죽죽했다. 홍인본보다 더 드물다는 재교용 남인본이었다.

붉은색으로 인쇄해 초교를 보고 푸른색으로 찍어 재교를 보았다. 그것을 더 귀하게 여겨 소중하게 간직했다. 옌칭의 풍부한 자료의 숲속에서 뜻하지 않게 하나하나 의미를 알아가는 과정은 기쁘고도 즐거웠다.

오징어 먹물

이덕무의 『한죽당섭필寒竹堂涉筆』을 읽는
데 「오징어먹물烏賊魚墨」이란 항목이 있다. 내용은 이렇다.

간교하게 속이는 무리가 다른 사람과 증서를 만들 때 오징어
먹물이나 어유묵魚油墨으로 쓴다. 나중에 틀림없이 소송을 건다.
그 문건을 꺼내 살펴보면 이미 글자가 하나도 없어 계약 내용
을 증빙할 길이 없다. 바닷물에다 담그면 글자가 다시 또렷해
진다고 한다.

옛날에도 사기꾼들은 갖은 수단을 다 부렸다. 쓸 때는 또렷하
지만 세월이 지나면 사라져버리는 오징어 먹물로 사기치는 이야
기다.

바닷가로 귀양 간 다산도 오징어 먹물로 글씨를 즐겨 썼다. 문집에 실린 「탐진농가의 발문跋耽津農歌」 앞부분에 이런 내용이 있다.

오른편의 『탐진농가첩』은 내가 귀양지에서 지은 것이다. 그 첫머리에 쓴 네 개의 큰 글자는 오징어 먹물로 쓴 것이다. 속칭 즉묵鰂墨이라고 한다. 오래되면 글씨가 없어진다. 대개 촘촘하고 차진 오징어 먹물이 빛나고 매끄러운 종이와 만나 오래되면 말라 벗겨져 떨어지기 때문이다. 새로운 맛으로 쓰기 좋아하는 자들은 껄끄러운 종이에 쓰기도 한다. 그러면 오래 보존할 수가 있다.

이덕무의 손자 이규경이 쓴 『오주연문장전산고五洲衍文長箋散稿』 중에 「물리상감변증설物理相感辨證說」이란 글이 있다. 그중에도 "오징어 먹물은 장마철을 한번 지내고 나면 흔적도 없다"고 적어놓았다. 종합해보면 오징어 먹물이 쓸 때는 흡착성이 강해 글씨가 아주 잘 써지고, 쓰고 나면 마치 펄이 든 것처럼 반짝반짝 빛난다. 하지만 종이에 스미지 않고 겉돌다가 시간이 꽤 흐르면 박락剝落되어 떨어져 사라진다. 그래서 사기꾼들이 속임수의 의도를 갖고 일부러 계약 문서를 오징어 먹물로 작성해 훗날 소송을 걸기도 한다는 것이다. 오징어 먹물을 즐겨 쓴 까닭은 일반 먹물과는 다른 새로운 맛 때문이었다. 거친 종이에 쓰면 매끈한 종이에 쓴 것보다 오래간다.

오징어는 이 밖에도 꽤 쓸모가 많았다. 『산림경제山林經濟』 권4에 오징어 뼈에 대한 설명이 보인다. 설명에 따르면 오징어 뼈는 해표초海螵蛸라고도 한다. 오징어는 뼈가 하나뿐인데 두께가 3, 4푼이며 작은 배처럼 생겼다. 아주 가볍다. 부인의 누혈漏血에 주치약이다. 황색이 될 때까지 물에 삶아 껍질을 벗겨낸다. 가늘게 갈아 물기를 제거한 후 햇볕에 말려 사용한다고 적혀 있다. 그러고 보니 어린 시절 집의 약상자 속에 늘 오징어 뼈가 들어 있었던 것이 생각난다. 연필을 깎다가 칼에 베여 피가 날 때 바로 이 오징어 뼈를 꺼내서 숟가락으로 사각사각 긁어 가루를 내어 상처 부위에 뿌리면 금세 피가 멎곤 했다. 지금은 의료용 밴드가 하도 잘 나와 오징어 뼈가 쓸모없게 되었지만.

그러고 보니 실제 다산 선생이 쓴 친필 글씨 중에도 오징어 먹물로 쓴 것을 본 기억이 난다. 현재 한국학중앙연구원에 소장된 다산 선생 친필 『상심락사첩賞心樂事帖』의 마지막 면이 바로 오징어 먹물로 쓴 것이다. 대부분의 글씨가 박락되어 알아볼 수가 없다. 바로 앞쪽의 글씨는 비슷한 상태임에도 하나도 지워지지 않은 것을 보면, 이 면만 오징어 먹물로 쓴 것임을 알 수 있다. 왜 그랬는지는 내가 쓰질 않아서 잘 모르겠다. 『탐진농가첩』도 첫 장의 큰 글씨 네 글자만 오징어 먹물로 썼다고 했으니 비슷한

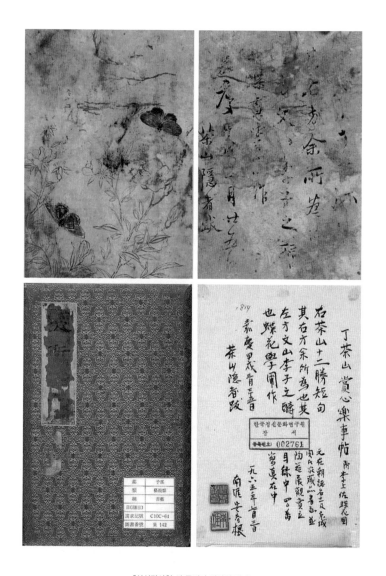

部	子部
類	藝術類
屬	書藝
音《羅馬》	
請求記號	C10C+64
圖書番號	貴 142

「상심락사첩」의 글씨가 박락된 면과
이 글을 판독한 안춘근 선생의 글씨와 책 표지.

경우로 보면 된다.

그다음 면에 이 서첩을 소장했던 안춘근 선생이 잘 안 보이는 부분의 글씨를 판독해서 채워 쓴 글씨가 붙어 있다. 선생은 어떻게 안 보이는 글씨를 읽어냈을까? 몹시 신기했다. 애초에 육안으로는 보이지 않았기 때문이다. 그러다가 우연한 기회에 의문이 풀렸다. 일제강점기 서화 도록 중에서 정말 우연하게도 다 날아간 오징어 먹물로 쓴 같은 면의 글씨가 온전한 채로 남아 있는 사진을 발견했다. 나도 모르게 쾌재를 불렀다. 거기에는 믿기지 않을 만큼 또렷한 글씨로 전체 문장이 오롯이 남아 있었다.

그 내용은 또 이렇다.

앞쪽의 글씨는 다산 12승勝 단구短句이다. 오른쪽은 내가 지은 것이고, 왼쪽은 문산文山 이자李子(이재의)가 수창한 것이다. 나비 그림은 학포學圃가 그렸다. 다산은자발茶山隱者跋.

그러고 보니 안춘근 선생의 아래쪽 글씨에 "원래는 조선조 여러 명사 및 경성 민씨 집안에서 소장했던 서화 및 도기전관陶器展觀의 매입 목록 중 40번 사진이 안에 있다"고 1965년 7월 3일에 적은 내용이 보인다. 이 목록이 시공사에서 2005년에 펴낸 『경매된 서화』(김상엽, 황정수 편저)에 영인되었는데, 이 책 437쪽에 온전한 상태의 글씨로 남아 있다.

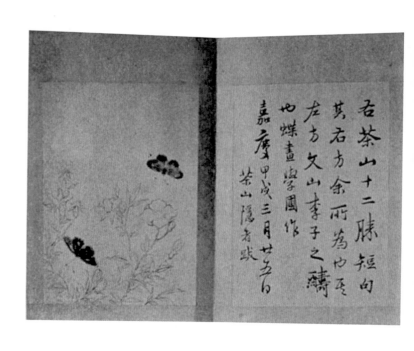

「경매된 서화」에 영인된 오징어 먹물 글씨가 떨어져나가기 전의 상태.

제목을 엉뚱하게 『상심락사첩』이라 했지만, 실제로는 『다산십이승첩茶山十二勝帖』이 맞는 이름이다. 다산 초당의 열두 곳 승경을 꼽아 풍경별로 한 수씩 지었다. 이를 보고 벗인 문산 이재의가 화운해서 좌우에 나란히 실은 서첩이다. 첫 장과 마지막 장 끝에 꽃과 나비를 그린 그림이 있다. 학포의 그림이라고 썼다. 학포는 다산의 둘째 아들 정학유丁學游의 어릴 적 이름이다. 안춘근 선생은 이 사실을 미처 몰랐던 듯 학포를 이상좌李上佐로 잘못 비정했다. 둘째 아들 학유의 그림 솜씨가 상당한 수준이었다.

요즘은 이 오징어 먹물로 스파게티도 만들어 먹고 머리 염색약으로도 만들어 쓴다. 건강식으로 사랑받고 피부 부작용이 없는 친환경 염색 재료로 각광을 받는 셈이다. 같은 오징어 먹물도 시대에 따라 쓰임새가 달라진다. 예전에 시인 정지용이 집 주변의 달개비꽃을 따가지고 와서 이것을 짓찧어 연보랏빛 달개비꽃 잉크를 만들어 벗에게 엽서를 보냈다는 글을 읽고 하도 예뻐서 혼자 흐뭇해했던 기억이 있다. 오징어 먹물은 그보다는 운치가 한결 못해도 한 시절의 재미가 그런대로 녹아들어 있다.

자네 부친의 편지일세

몇 해 전 내가 봉직하는 한양대학교 박물관에서 '한양가족 애장품 전시회'가 열렸다. 나는 예전 『한시 속의 새 그림 속의 새』란 책을 준비할 때 수집했던 1000장쯤 되는 새 우표를 출품했다. 당시 전시에서 단연 압도적인 품목은 우리 대학 중문과 엄익상 교수가 내놓은 편지 묶음이었다. 대학 1학년 겨울방학 때부터 시작해서 군대 가 있을 때 보낸 것뿐 아니라, 졸업 이후 미국에 유학 가서 보낸 편지와 최근의 연하장까지 스승이신 이석호 선생님께 보냈던 자신의 편지와 자신이 스승에게 받았던 답장이 풀세트로 유리장 안에 진열되어 있었다.

놀라 물어보니 사연이 이랬다. 스승이 정년 퇴임을 하신 몇 해 뒤 여느 때처럼 세배를 드리러 갔더니 자기 앞으로 보퉁이 하나를 밀어놓으시더란다. 뭐냐고 여쭙자 "자네가 이제껏 내게 보

엄익상
인문과학대학 중어중문학과

1977년 대학에 입학한 해부터 대학교수가 된 지금까지, 나의 은사님인
연세대 이석호 교수님께 한 해도 거르지 않고 연하장을 보내드렸다.
그러던 지난 2004년, 선생님께서는 "이제 이 연하장들을 모두 자네에게
다시 돌려주겠네"라고 말씀하셨다. 선생님께서는 내가 27여 년 간 보내
드렸던 연하장을 한 장도 빠짐없이 모두 간직하고 계셨다. 카드에는 나의
학창시절부터 한양대 교수로 부임하기까지의 모든 추억과 사연들이 담겨
있었다. 선생님에 대한 나의 존경심이 매해 보내드렸던 연하장에 실려
선생님께 배달됐고, 그 마음들이 지금 다시 내게 돌아와 학문에 게을러질
때마다 초심을 잃지 않도록 하는 나의 든든한 나침반이 되어주고 있다.

1. "희망의 새해를 맞이해 온 가정에 만복이 깃들이시기를 빕니다. – 일학년 엄익상"
   (1977년 12월, 대학에 처음 입학한 해에)

2. "그동안 가르쳐주심에 깊이 감사드리며, 계속 배울 수 있길 기대 합니다.
   福 많이 받으십시오. – 巽相 올림" (1980년 12월 24일, 대학을 졸업하던 해에)

3. "…저는 건강히 훈련 잘 받고 있습니다 부슬부슬 봄비가 내리니 봄기운은 더욱
   짙어만 갑니다 앞으로 남은 기간 더욱 열심히 노력하여 주어진 임무를 성실히
   수행하도록 하겠습니다.
   – 육군보병학교 학생연대 학군제7중대 제1구대 소위 엄익상 올림"
   (1981년 2월, ROTC 군복무 중에)

4. "그동안 지도에 감사드리며 새해엔 뜻하시는 일이 모두 이루어 지시길 바랍니다.
   – 엄익상 올림." (1984년 12월 18일, 대학원 석사과정을 졸업하던 해에)

5. "…지난 여름 보내주셨던 격려에 다시 한 번 감사드립니다. 이번 학기에 저는 계속
   논문 준비에 열중하다 지난 달 드디어 논문 계획서를 통과 시켰습니다. …지금
   겨우 서론을 쓰기 시작했지만 내년 여름까진 초고를 완성하여 가을에 모두 마칠
   계획입니다. 중국상고음中國上古音과 백제한자음百濟漢字音을 비교 연구할 계획
   입니다… 즐거운 성탄절 맞이하시고, 새해엔 더욱 건강하시길 바랍니다.
   – 엄익상 올림. (1989년 12월 4일, 미국 인디애나 대학 박사과정 중에)

6. "자주 찾아뵙지는 못하지만 제 마음 속에 큰 스승으로 늘 남아 있습니다.
   더욱 건강하시고 행복한 해가 되시길 빕니다. – 엄익상 올림"
   (2003년 12월 14일, 한양대 중문과 교수로 부임한 후에)

'한양가족 애장품 전시회' 도록의 한 장면.

낸 편지일세. 내가 늙어 더이상은 보관하기가 어려우니 이제 돌려줌세"라고 하시더란다. 제자도 스승에게서 받은 답장을 이제껏 하나도 버리지 않고 간직하고 있던 터였다. 두 묶음의 편지를 맞추자 문답이 딱 맞는 서간첩이 되었다. 그 스승에 그 제자 이야기다. 나는 이 편지들이 하도 뭉클해서 일부러 전시장을 두어 번 더 찾아갔었다.

자신의 메모를 간직하기는 쉬워도 남의 편지를 이렇듯 보관하기란 결코 쉽지가 않다. 그이의 스승은 이렇게 제자들에게 한 묶음씩의 편지를 돌려주었고, 제자들은 까맣게 잊고 있던 수십 년 전 자신들의 필적을 통해 그때의 제 모습과 만나는 감동을 맛보았다. 팍팍한 세상에서 좀체 듣기 힘든 훈훈한 가화佳話가 아닐 수 없다.

이덕무가 세상을 뜨자 이서구李書九가 이덕무의 아들 이광규李光葵에게 문상 와서 보퉁이 하나를 건네주었다. "자네 부친께서 평생 동안 내게 보낸 편지일세. 잘 간수해 문집에 싣도록 하게." 보퉁이를 끄르자 책이 나왔다. 아버지 이덕무가 보낸 손톱만한 쪽지도 버리지 않고 평생 모아두었다가 한 장 한 장 정성껏 배접해서 한 권의 책으로 묶은 것이었다. 이덕무는 이서구가 어린 시절 나아가 글을 배운 선생님이었다. 나중에는 『사가시집四家詩集』에 박제가, 유득공과 함께 나란히 이름을 올리며 백탑 동인으로 활동했다. 덕분에 이덕무가 이서구에게 보낸 서른세 통의 편지

84

가 『청장관전서』 속에 살아남았다. 몇 편을 함께 읽어본다.

비 오는 집에 등불을 밝히고 철애鐵崖 양유정楊維楨의 시를 읽었소. 굳세고도 쾌활하더군. 만력萬曆 연간 이후의 재자才子들은 참으로 비단 장막 속의 모기 소리일 뿐이구려.

비 오는 밤 명나라 때 시인 양유정의 시집을 읽다가 도저한 흥취를 가누지 못해 너도 읽어보라며 보낸 원문 25자의 쪽지 편지다.

내가 단것에 있어서는 성성狌狌이가 술을 좋아하고 원숭이가 과일을 즐기는 것과 한가지인지라. 내 동지들은 단것만 보면 나를 생각하고, 단것이 있으면 나를 주곤 하오. 초정楚亭은 야박하게도 세 번이나 단것과 마주하고도 나를 생각하거나 내게 주기는커녕 이따금 다른 사람이 내게 준 단것을 훔쳐 먹기까지 하는구려. 벗 사이의 의리는 잘못이 있으면 바로잡아야 하는 법, 그대가 초정을 몹시 나무라주기를 바라오.

편지를 받고 깔깔대며 웃는 이서구의 목소리가 들릴 것만 같다. 박제가는 이렇게 늘 악동 노릇을 했다. 그때 그들의 허물없던 교유가 이 편지 한 통을 통해 하나의 풍경으로 되살아났다.

파성婆城의 조경암趙敬菴에게서 편지를 받았소, 학문을 할 것을 권했는데 정성스러워 마음에 둘 만하오. 세속의 부랑한 자들은 『소학』이란 두 글자만 들으면 입술을 삐죽대며 욕하고, 『근사록近思錄』을 보고는 하품하며 드러누우려 드니 가증스럽기 짝이 없소. 그대는 삼가 그저 하는 말로 보지 말아야 할 것이오.

경암敬菴 조연귀趙衍龜는 연암 그룹과 각별히 가까웠던 사람이다. 그가 자신에게 보낸 편지 이야기를 슬쩍 꺼내, 시문에 빠져 『소학』과 『근사록』 같은 책을 외면하는 젊은 날의 이서구를 슬며시 누른 사연이다. 좀 전 단것 가지고 낄낄대는 편지를 쓰다가도 문득 이렇게 정색하고 학문의 바른 자세를 촉구하기도 했다.

성균관대학교 박물관에 이덕무가 조연귀에게 보낸 편지가 남아 있고, 최근 또 이서구가 조연귀에게 보낸 편지를 구경할 기회가 있었다. 두 사람이 쓴 편지의 필체를 보면 사제요 벗이 아니랄까봐 한 사람의 글씨처럼 비슷하다.

나는 일찍이 조선에 세 부의 좋은 책이 있다고 생각하였소. 『성학집요聖學輯要』와 『반계수록磻溪隨錄』, 그리고 『동의보감東醫寶鑑』이라오. 하나는 도학을, 하나는 경제를, 하나는 사람을 살리는 처방이니 모두 유자儒者의 일이지요. 도학은 진실로 사람의 근본이 되는 일이라 말할 것이 없소. 지금 세상은 오로지 글쓰

성균관대학교 박물관 소장 「근묵槿墨」에 수록된 이덕무가 조경암에게 보낸 친필 편지.

기만 숭상해서 경제에 대해서는 우습게 아니 의원의 기술 같은 것이야 누가 밝히겠소. 천고에 두 가지 아름다운 이야기가 있다오. 명나라 진인석陳仁錫은 가녀린 시인인데도 경제 공부에 몰두했고, 당나라 왕발王勃은 경박한 재사였지만 의학의 일에 통달하였소. 내가 이 두 사람을 기이하게 여겨 아끼지 않은 적이 없었소. 이제 그대는 맑고 고요하며 명석하고 지혜로워 자질과 바탕을 갖추었소. 나이도 몹시 젊소. 만약 오로지 글쓰기에만 힘 쏟지 않고 늘 심력을 쏟아 이처럼 마음을 실답게 하고 사물을 아끼는 일에 정신을 모은다면 이 세상을 헛살았다는 탄식이 없게 될 것이오. 나 같은 사람은 나라 곡식 창고에 가득한 붉은 낟알 같으니 족히 말할 것이 없소. 이 두 책을 받들어 올리면서 세 책을 섞어 뽑아드리오. 앞서 본 것이라면 되풀이해서 읽지는 마시오.

『반계수록』과 『동의보감』을 보내 읽기를 권하면서 사장詞章, 즉 과거 시험장에서 소용되는 글쓰기에만 몰두하지 말고 경제서와 의학서를 함께 읽어 실심애물實心愛物의 공부로 식견을 넓힐 것을 권면한 편지다. 두 사람은 서로 볼만한 책을 빌려주고 받으며 학문적 대화를 이어갔다. 책을 읽다가 눈에 번쩍 띄는 좋은 내용이 보이면 공책에 옮겨 적어 이서구에게 선물하기도 했다. 다음 편지를 읽어보자.

『일지록日知錄』을 고심하며 구하느라 3년을 애썼다오. 이제야 겨우 남이 비장祕藏한 것을 뽑아 읽어보았소. 육예六藝의 글과 백왕百王의 제도 및 당세의 사무를 근거를 살펴 분명하게 분석하였더이다. 아아! 고염무顧炎武는 참으로 옛날에 이름을 떨친 큰 선비라 하겠소. 돌아보건대 지금 세상에서 그대가 아니고 누가 이 책을 읽을 수 있겠으며, 내가 아니면 누가 다시 이를 베껴 쓰겠소. 네 권의 책을 먼저 그대를 위해 가져다드리오. 보배롭게 아껴 보는 것이 어떠하오. 앞서 준 작은 공책은 벌써 다 채워 쓰고 말았소. 원컨대 그대가 계속해서 보내주어 내가 이 책을 다 베껴 쓸 수 있도록 해주오.

고염무의 『일지록』은 청조의 금서 목록에 올라 있던 책이었다. 3년을 못 구해 애태우다가 마침내 빌려 보고는 마음이 급해 그 책을 베껴 써서 이서구에게 읽어보라고 건네주었다. 집안이 가난했던 이덕무는 비교적 넉넉한 형편이었던 이서구가 계속 마련해준 빈 공책에다 중요한 책을 베껴 쓰곤 했다. 아들 이광규는 아버지를 회고한 「선고부군유사先考府君遺事」란 글에서 "한 권의 책을 얻으면 반드시 읽고 또 베껴 써서 잠시도 책을 놓지 않았다. 이렇게 섭렵한 책이 수만 권이 넘고 베껴 쓴 책도 거의 수백 권이 된다. 여행할 때도 반드시 수중에 책을 휴대하고, 심지어는 종이와 벼루, 먹과 종이를 싸가지고 다녔다. 주막에서나 배에서도 책을 놓지 않았으며, 기이한 말이나 이상한 소리를 들으면 듣는 즉시 기록하셨다"고 적고 있다.

훗날 이서구가 두 차례나 전라도 관찰사로 내려가 선정善政으로 자자한 명성을 얻고, 재상으로 경륜을 인정받을 수 있었던 것은 젊은 시절 이덕무와의 이 같은 공부의 밑거름이 있었기 때문이다.

> 내가 비록 학자는 아니지만 매번 『근사록』을 애중해서 늘 가까이에 두고서 밤낮 서너 항목씩 보며 가만히 자신을 돌아보곤 한다오. 실로 잠깐 사이라도 내 손을 벗어나게 하고 싶지가 않구려. 하지만 그대가 청하는 것이니 어찌 따르지 않을 수가 있겠소. 여기 아홉 책을 삼가 보내드리오. 이것을 보내고 나면 눈앞에 두고 볼 책이 없으니 『원문류元文類』와 『송시초宋詩抄』 두 부 중에 하나라도 빌려주는 것이 어떻겠소.

책을 빌려달라는 편지에 책을 내주면서 대신 다른 책을 빌려달라고 청하는 내용이다. 나머지 편지들 속에도 책이 오가는 사연은 거의 매번 빠지는 법이 없다. 하나만 더 읽겠다.

> 해는 새로운데 사람은 점점 낡아가는구려. 군자는 마땅히 밝은 덕을 높여야 할 것이오. 해가 바뀐 뒤로는 내가 남의 손님이

되지 않으면 남이 내 집의 손님이 되는 바람에 한가한 틈을 내 한번 만나보지도 못해 답답하구려. 창에 드는 해가 따스해 벼루의 얼음이 녹으니 예전의 일과를 되찾고자 하오. 『전당시全唐詩』를 바꿔서 보내주면 좋겠고, 「윤회매輪回梅」시 두 수도 뽑아서 보내주는 것이 어떻겠소.

아! '창일훤이연빙석窻日暄而研氷釋', 즉 창가의 해가 따스해 벼루의 얼음이 녹는다는 표현 앞에 나는 눈물이 날 뻔했다. 군불도 못 땐 방에서 얼음이 꽁꽁 어는 벼루를 입김으로 호호 녹여가며 책을 베껴 쓰던, 그래서 손가락이 동상이 걸려 밤톨만하게 부었는데도 베껴 쓰기를 그만둘 수 없다고 했던 이덕무의 가난한 서실 풍경이 선명하게 떠올라서다.

이서구가 이덕무의 아들 이광규에게 건넨 편지첩이 있어 오늘날 그 정경을 우리가 함께 들여다볼 수가 있다. 쪽지 하나 허투루 버리지 않고 차곡차곡 모아두었다가 역사가 되고 문화가 되게 만들었던 선인들의 그 정신을 오늘 내가 음미한다.

용서인, 남 대신 책을 베껴주는 사람

이서구가 이광규에게 전해준 이덕무
의 편지를 한 통 더 읽어본다.

옛날에 용서傭書를 하면서 책을 읽은 사람이 있다고 해서 내
가 너무 부지런하다고 비웃은 적이 있었소. 이제 문득 내가 그
꼴이라 눈이 침침하고 손에 굳은살이 박일 지경에 이르렀구려.
아아, 사람이 진실로 스스로를 요량하지 못하는 법이오. 『유계
외전留溪外傳』의 첫째 권을 보내드리니 등불 아래서 한번 읽고 아
침 일찍 돌려주시구려. 이는 모두 효자와 충신, 열처烈妻와 기부
騎夫의 이야기라 세도世道에 보탬이 되는 책이오. 매번 갑신년 당
시 명나라가 망할 때의 일을 읽노라면 눈물이 어리고 뼈가 시
리며 간담이 서늘해진다오.

편지에 나오는 '용서傭書'란 남에게 사례를 받고 그를 위해 책을 베껴 써주는 일을 말한다. 고전번역원의 번역본에는 "전에 남의 책을 빌려다 읽는 사람을 보고 나는 그가 너무 부지런하다고 비웃었는데"라고 되어 있다. 용서의 의미를 잘못 이해해서 오역했다. 책이 워낙 귀하던 시절이라 좋은 책과 만났을 때 베껴서라도 간직해두지 않으면 다시 볼 수가 없었다. 제가 하면 좋겠지만 시간과 품이 많이 드니 형편이 되면 남에게 돈을 주어 책을 베껴오게 했다. 용傭은 품팔이의 뜻이다. 일껏 공부해 고작 끼니 해결을 위해 남 대신 책을 필사하는 동안 그 마음이 얼마나 비참했을까? 내일 아침 일찍 책을 돌려달라고 한 것은 필사를 부탁한 사람에게 가져다주어야 했기 때문일 터이다. 책이 주인 손에 넘어가기 전에 제자이자 벗인 이서구에게 한 번이라도 읽히고 싶은 마음이 간절했던 것이다.

　중국은 출판 문화가 워낙 발달해서 굳이 용서할 일이 많지 않았다. 우리처럼 서적 출판이 어려운 나라에서는 차마 자기 입으로 말을 못해 그렇지 조선 후기까지도 용서로 생계를 꾸려가는 사람이 적지 않았다. 실제로 이덕무도 책 써주기 품을 팔아 생계에 도움을 얻었던 듯 이서구가 건네준 편지 첩에는 책을 베껴 쓰는 이야기가 유독 많이 나온다.

　중국에도 글씨 품팔이로 시작해 큰 뜻을 이룬 입지전적 인물들이 많다. 후한 때 장수 반초班超는 집이 가난해서 늘 관부에서 책을 베껴 써주는 품을 팔아 생계를 꾸렸다. 삼국시대 감택閱澤도 돈이 없어 남을 위해 용서를 해주는 대가로 종이와 붓을 얻어 공부했다는 사람이다. 저잣거리 모퉁이로 나와 '책 베껴 써드립니다'라는 간판까지 내건 경우도 있었다. 후한 때 왕부王溥가 그랬다. 집이 가난했지만 벼슬을 얻지 못하자 대나무 필통에 붓을 꽂고 낙양의 저잣거리에 나와 앉아서 글씨 품팔이를 했다는 기록이 남아 있다. 서글픈 풍경이다.

그나마 다행으로 남이 볼 책을 오랜 세월 베껴 써주다가 식견이 풍부해져서 학문의 안목이 열리는 수도 있었다. 남이 보기 힘든 귀한 책들만 베껴 쓰다보니 그럴 수 있었겠다는 생각이 든다. 앞서 본 감택은 책을 베끼고 나면 여러 번 그 책을 통독함으로써 주인에게 책을 넘기기 전에 책의 내용을 완전히 자기 것으로 만들었다. 이런 노력 끝에 훗날 그는 태자 사부의 벼슬에까지 올랐다.

이렇게 생계를 꾸리는 사람을 용서인傭書人이라고 부른다. 대부분의 용서인은 불우와 절대적 궁핍 속에서 자기 삶을 마감했다. 그 고통이 오죽했으면 반초는 용서인으로 생활하다 말고 어느 날 붓을 내던지며 "대장부가 다른 지략이 없더라도 부개자博介子나 장건張騫처럼 이역에서 공을 세워 제후에 봉해져야지 어찌 오래도록 필묵을 일삼겠는가?"라고 하며 자리를 박차고 일어났다. 주변에서 미친놈이라며 비웃었지만 그는 애송이들이 어찌

장사의 뜻을 알겠느냐며 아랑곳 않았다. 후에 과연 장수가 되어 이역에서 명성을 떨쳤다. 하지만 그는 극히 예외적인 경우에 해당한다.

이덕무의 손자 이규경李圭景 또한 말릴 수 없는 독서광이요 메모광이었다. 그의 『오주연문장전산고五洲衍文長箋散稿』란 책은 읽는 이가 입을 떡 벌리지 않을 수 없는 대단한 저작이다. 변증설이란 제목이 붙은 글 하나하나는 요즘식으로 말해 논문 한 편에 해당하는데, 책에 수록된 이런 글이 수백 편이 넘는다. 그중「초서변증설鈔書辨證說」이란 글이 있다. 여기에 할아버지 이덕무와 함께 김숙이란 또다른 용서인의 이야기가 나온다. 일부만 발췌해 읽겠다.

　　내 할아버지 되시는 청장공靑莊公(이덕무의 호)께서는 직접 몇 천 권의 책을 베껴 쓰셨다. 파리 대가리만한 가느다란 해서로 육서六書의 서법에 따라 써서 한 글자도 속된 글자의 모양새가 없었다. 그 밖에 잡다하게 베껴서 두루마리를 이룬 것이 또 수십 아름은 된다. 만약 이것을 책의 권수로 헤아린다면 적어도 100여 권은 될 것이다. 거의 고금에 드물게 보는 경우라 하겠다. 정조 임금 때 왕명을 받들어 책을 편집할 때 내부內府에 남은 조부의 필적 또한 100여 책 분량보다 더 많을 것 같다. 우리나라에서 책을 베껴 쓰기 시작한 이래로 이처럼 대단한 예는 없었다. 못난 내가 살림이 가난해 동서로 옮겨 살다보니 비록 전부 잃어버리지는 않았어도 간혹 좀이나 쥐가 쏠거나, 어린것들이 훔쳐가기도 하고, 남에게 빌려주었다가 잃기도 했다. 오호라! 자손이 불초한 것이야 예로부터 수없이 많겠지만 나 같은 사람은 없을 것이다. 너무도 감개한 나머지 나도 모르게 눈물과 콧물이 주르륵 흘러 옷깃을 적신다. 만약 집 둘레에 몇 이랑의 땅뙈기를 마련해 쌀과 소금을 구하지 못하는 가난이 다시 없다면 선인께서 남기신 물품을 삼가 지키는 것이야 무에 어렵겠는가? 가슴 아프다.

김숙金淑이란 사람은 뒷골목의 용서인이다. 자신의 호를 용은傭隱이라 했다. 글씨를 잘 쓰고 시를 잘 지었다. 게다가 의약과 풍수지리에도 능통했다. 또 책 베끼기를 좋아해서 나이가 일흔이 넘어서도 부지런히 그만두지 않았다. 전하는 말로는 『전당시全唐詩』와 『사문유취事文類聚』 『동의보감』까지 베껴 썼다고 하니, 그 밖에 작은 책이야 다 적을 수조차 없다. 또 풍수지리에 관한 감여서堪輿書를 300여 책이나 베껴 써서 편집하였다. 우리 할아버지께서도 그를 우리나라 초서가抄書家 중 으뜸이라고 인정하셨다. 용은은 위장衛將 유명표柳明杓의 집에서 죽었다고 한다.

조부 이덕무가 베껴 쓴 책이 몇천 권이나 되고, 그 밖에 둘둘 말아 제본하지 않은 채 옮겨 적은 것이 수십 아름, 규장각 검서관 시절 베껴 써서 내각에 보관된 것이 다시 그만큼 될 것이라고 했다. 이덕무가 자신의 편지에서 열 손가락이 모두 동상에 걸려 손가락 끝이 밤톨만하게 부어올라 피가 터질 지경인데도 하루에 수천 자씩 책을 베껴 썼다고 한 것이 모두 그 증거다. 지금도 규장각 서고 속에 이덕무의 친필들이 잠들어 있을 것을 생각하니 직접 들어가 살펴보지 못하는 것이 유감이다.

특별히 김숙이란 용서인을 소개한 것은 참 귀한 자료가 아닐 수 없다. 그는 슬프게도 호를 용은傭隱이라 했다. 말 그대로 품팔이 은자란 뜻이다. 그는 학문도 있었고 시문에도 능했는데 남을 위해 책을 베껴 써주는 것으로 생계를 꾸렸다. 『전당시』는 수록된 시만 수만 수나 되는 거질이다. 『사문유취』는 오늘날 작은 활자 영인본으로 엮어도 700쪽짜리로 네 권이나 되는 방대한 백과전서다. 그는 이런 책까지 다 베꼈다. 그 와중에 풍수지리에 관한 자료도 수집해서 눈에 띌 때마다 한 권의 책에 옮겨 적어 무려 300여 종의 감여서를 집대성하는 쾌거를 이루기도 했다. 그 책이 전하지 않는 것이 유감이긴 하지만 말이다. 김숙은 이덕무 당대의 인물이었던 듯, 이덕무는 자신도 도저히 그에게는 상대가 되지 않는다며 1등 자리를 양보하고 말았다. 그래도 자신이 2등쯤은 된다고 생각했을 법하다.

이덕무의 주변에는 용서인이 특히 많았다. 그의 시제자였던 이단전李亶佃은 어머니 유씨兪氏가 여종이라 그 자신도 종의 신분이었다. 하지만 독특한 시풍으로 이름 높은 시인이었다. 그는 호를 필재正齋라고도 했는데, '필正' 자를 파자하면 '하인下人'이 되기 때문이었다. 자조와 자긍이 함께 느껴진다. 추재秋齋 조수삼趙秀三이 쓴 「이단전전李亶佃傳」이 있다. 이 글은 이렇게 시작된다.

내가 이단전과는 친구다. 하루는 눈보라가 크게 몰아치는데 다급하게 문을 두드리는 소리가 들렸다. 내다보니 단전이었다. 소매에서 자기가 지은 금강산 시를 꺼내 보이며 말했다. "9999명이 모두 좋다고 해도 안 되고, 오직 선생 한 분이 괜찮다고 해야만 됩니다. 선생께서 판정해주십시오." 마침내 서로 저녁 내내 술 마시고 시 짓다가 헤어졌다. 지금 와 돌이켜보니 이 마디 말로 천고의 작별이 되어버렸다. 내가 그의 죽음을 슬퍼하며 이 전을 짓는다.

이단전은 대단한 시인이었는데 가난 끝에 36세에 길에서 객사했다. 그는 남초부南樵夫, 즉 나무꾼 남씨로 불려 이름도 분명찮은 노비 시인에게서 처음 시를 배웠고, 나중에는 이덕무의 시제자가 되었다. 「이단전전」에 따르면 그 또한 집이 가난해 늘 용서로 생계를 이었다. 하루에 최소 35장을 써야 그만두었다. 그래서 돈이 생기면 술집으로 가서 술을 마셔버렸다. 취하면 초서를 한 줄에 한두 자씩 써서 10여 자가 되면 그만두었다고 한다. 특히 이 부분이 눈물겹다. 술이 취해 한 줄에 한두 자씩 쓴 것은 페이지 수를 마구 늘리려는 강박증의 한 모습이기 때문이다.

　박지원과 함께 시문이 당대 쌍벽으로 일컬어진 이용휴李用休도 「제하사고題霞思稿」란 글을 남겼다. 『하사고』는 지금은 전하지 않는 이단전의 시집이다. 전문이 이렇다.

　　노인이 일이 없어 좌중의 손님들에게 평생에 본 기이한 구경거리와 이야기를 말하게 하고 들었다. 한 손님이 말했다. "아무 해 겨울은 봄처럼 따뜻했습지요. 갑자기 바람이 불더니 눈이 내리더군요. 밤들어 눈이 그치자 무지개가 우물물을 마셔버렸습니다. 마을 사람들이 놀라 일어나 시끄럽게 떠들어댄 일이 있었습니다." 다른 손님이 말했다. "접때 한 행각승이 말하더군요. 한번은 깊은 골짜기로 들어갔다가 웬 짐승을 만났더라지요. 범의 몸뚱이에 초록색 털이 났고, 뿔이 솟고 박쥐처럼 살로 된 날개를 달았더랍니다. 울음소리는 어린애 소리 같았답니다." 내가 말했다. "다들 황당한 소리라 믿을 수가 없구면." 이튿날 아침이었다. 한 젊은 친구가 찾아와 인사를 했다. 시를 예물로 바쳤다. 성명을 묻자 이단전이라고 했다. 그 이름이 보통 사람과 아주 다른 것을 의아하게 여기던 터에 책을 펼치자 괴상한 빛이 쏟아져나와 뭐라 형용할 수가 없는데 일반적인 생각의 바깥에서 나온 것이 있었다. 그제야 두 손님의 이야기를 믿게 되었다.

이단전의 시는 전날 밤 두 손님의 황당한 이야기를 믿지 않을 도리가 없게 만들 만큼 굉장했다는 것이 글의 주지다. Unbelievable! 한마디로 말하면 이렇게 된다. 그런 그가 먹고 살기 위해 책 베껴 쓰는 일을 하다가 거리에서 죽었다. 이덕무의 편지 한 통을 읽다가 그를 포함해 슬프게 살다 간 용서인 두 사람을 더 만났다.

초서법, 베껴 쓰기의 위력

다산의 아들이나 강진 귤동의 제자들이 참 피곤했겠다는 생각을 종종 한다. 스승 다산의 끝없는 요구와 기대에 부응하는 일은 정말이지 쉽지 않았을 것 같다. 이렇게 해라, 저렇게 하면 안 된다, 왜 그렇게 하니, 도무지 가망이 없구나. 스승은 쉴새없이 다그치고 야단치고 몰아세웠다. 지나친 기대가 부담스럽거나 도저히 기대에 부응할 수 없을 때면 제자들은 저만치 달아나 스승을 피했다.

다음은 다산의 친필로 전하는 편지다. 아암兒巖 혜장惠藏의 수제자인 수룡袖龍 색성賾性에게 보낸 답장이다.

네 글을 받고 『상서尙書』를 읽는 것을 알게 되니 몹시 기쁘다. 다만 이 책은 모름지기 먼저 고금의 내력을 알아야지 손 따라

다산이 수룡 색성에게 보낸 편지.

읽어서는 안 된다. 이쪽에서 한번 잃으면 저편 귀퉁이가 아득해져서 마침내 다시 만날 기약이 없게 된다. 인정으로 가늠해 마땅히 자주 와 보아야만 한다. 진실로 이렇게 하려면 반드시 몸을 빼어 거처를 옮긴 뒤라야 할 수가 있다. 하지만 몸을 정할 계책은 없이 내 편지를 보고도 여태 미황사에 눌러앉아 있구나. 절집의 술과 국수는 중하고 이 늙은이의 편지는 가벼운 게지. 지나는 길에 들르지도 않고, 편지를 보내도 답장도 없으며, 장차 옮길 듯이 하다가 다시 눌러앉으며 고작 한다는 말이 신정新正을 기약한다 하니 이 같은 고승을 어찌 감히 다시 만나보겠는가? 네 마음대로 해라. 이만 줄인다. 9월 24일, 과거의 사람이.

끝에 자신을 '과거의 사람'이라고 쓴 대목에서 나는 그만 빵 터지고 말았다. 다산 초당 정착 초기에 다산 곁에 머물며 생선 손질까지 하면서 수발을 들던 색성이 스승의 의욕을 도저히 따라가지 못하자 멀리 미황사에 머물며 면책용으로 안부 편지를 보내왔던 모양이다. 다산은 그전에 몇 차례 편지를 보냈었고 그가 근처 백련사에 들렀다 가면서도 고개 하나 너머에 있는 자신은 찾지도 않고 그냥 갔다는 소식도 들었던 터라 단단히 삐쳐 있었다.

혼날 것이 지레 겁이 난 색성이 스승의 노여움을 조금이나마 누그러뜨릴 생각으로 "선생님! 요즘 그냥 놀지 않고 『상서』를 열심히 읽고 있습니다" 하는 내용을 편지에 담았던 듯하다. 이 대목을 읽은 다산은 "옳지. 너 잘 걸렸다" 하며 『상서』는 혼자 읽으면 안 되고 제대로 읽으려면 곁에서 방향을 바로잡아줄 지도가 필요한데 어째서 내게로 오지 않는 것이냐, 계속 그렇게 한다면 다시는 너를 보지도 않겠다고 으름장을 놓은 사연이다.

제자 황상黃裳이 신혼 초에 공부를 게을리하는 기색이 보이자 정색하고 야단친 다음 편지도 다산의 평소 성정을 가늠케 해준다.

네 말씨와 외모, 행동을 보니 점점 태만해져서 규방 가운데서 멋대로 놀며 빠져 지내느라 문학 공부는 어느새 까마득해지고 말았다. 이렇게 한다면 마침내 하우下愚의 사람이 된 뒤에

103

야 그치게 될 것이다. 텅 비어 실지가 없으니 소견이 참으로 걱정스럽다. 내가 너를 몹시 아꼈기에 마음속으로 슬퍼하고 탄식한 것이 오래다. 진실로 능히 마음을 일으켜 세우고 뜻을 고쳐 내외가 따로 거처하고 마음을 오로지 하여 글공부에 힘을 쏟을 수 없다면, 글이 안될 뿐 아니라 병약해져서 오래 살 수도 없을 것이다.

신혼의 새신랑에게 각방 거처의 조처를 내린 사연이다. 스승의 꾸지람을 받은 황상은 그길로 신혼의 아내를 놓아두고 강진 뒷산 꼭대기의 고성사高聲寺로 올라가 공부에 매진했다.

자식들이라고 예외일 수 없었다. 두 아들은 폐족廢族이 되어 과거 시험을 통한 입신출세의 희망마저 완전히 꺾인 터라 낙담에 빠져 있었다. 이들을 다그치고 마음을 다잡게 해 학문의 길에서 멀어지지 않게 하려는 아버지의 안간힘은 최근 무려 7억 5000만원에 팔려 세간을 놀라게 한 다산의 『하피첩霞帔帖』 속에 시시콜콜 남아 있다. 다산은 자식들에게 끊임없이 숙제를 주고 과제를 부과하며 공부를 독려했다. 그래도 안 되겠다 싶으면 아들을 교대로 강진까지 내려오게 해서 한동안 머물게 하며 공부를 직접 점검했다. 산사로 부자가 들어가 겨울을 나면서 주고받은 문답도 책으로 남아 있다. 자식과 제자에게 글로 질문을 하게 하고 자신도 글로 답변을 남겨 한 권의 책으로 정리하는 공부법을 다산은 즐겨 활용했다.

다산이 제자와 자식 들을 마냥 다그치기만 한 것은 아니다. 작은 성취에도 따뜻한 격려와 기쁨을 감추지 않았다. 또 제자들마다 그에게 꼭 맞는 맞춤형의 가르침을 친필의 증언첩贈言帖에 담아 선물로 주곤 했다. 문집에 실린 것 말고도 필자가 그간 찾아 정리한 것만 10여 종이 더 있다.

하지만 무엇보다 다산이 강조한 공부법은 초서鈔書다. 초서란 책을 베껴 쓰는 것을 말한다. 한 권을 통째로 베끼기도 하고, 필요한 부분만 발췌해 옮겨 적기도 했다. 때로는 주어진 편집 지침에 따라 카드 작업 하듯이 원하는 항목을 간추려내는 작업도 시켰다. 그렇게 베껴 쓴 책은 수초手鈔 또는 총서叢書란 이름으로 묶어 정리시켰다. 다산의 손때 묻은 제자치고 자신의 이름을 앞에 내세운 총서나 수초가 없는 사람이 없다. 황상은 자기 키보다 높게 『치원총서巵園叢書』를 남겼고, 그 동생 황경黃褧의 『양포총서蘘圃叢書』『양포일록蘘圃日錄』10여 책도 최근 광주 황한석 선생 소장본이 발견되었다. 이 밖에 이강회의 『유암총서柳菴叢書』, 초의의 『초의수초艸衣手鈔』, 윤종진의 『순암총서淳菴叢書』와 『순암수초』, 윤종심의 『춘각총서春閣叢書』『춘각수초』 등이 남아 있다. 각종 책을 베껴 쓴 개인 총서를 남겼느냐의 여부로 다산의 제자인지 아닌지를 판별하는 근거로 삼아도 될 만큼 이 초서는 다산이 제자 강학에서 가장 역점을 두어 강조했던 공부법이었다.

황한석가에 소장된 치원양포 총서.

최근 출판계에서 베껴 쓰기 책이 하나의 트렌드로 자리잡아 가는데 어찌 보면 초서 공부의 변형된 형태다. 교회나 성당에서 오래전부터 자리잡은 성경 베껴 쓰기도 초서 공부의 원리를 활용한 공부법이다. 통째로 한 권의 책을 베껴 써보면 피상적으로 눈으로 읽을 때와는 느낌이 확연히 다르다.

나도 새로 다산의 편지나 증언첩을 찾게 되면 우선 붓으로 전체 원문을 또박또박 베껴 쓰는 것으로 분석을 시작한다. 어지러운 흘림 글씨 상태로는 머리에 들어오지 않던 글이 옮겨 쓰는 과정을 한 번 거치고 나면 신통하게도 행간의 맥락까지 선명하게 잡힌다. 베껴 쓰기 공부의 위력은 해보지 않고는 잘 알 수가 없다. 일단 손글씨로 베껴 쓴 뒤에 거기에 붉은 먹을 찍어 구두를 떼고 메모를 한 뒤, 그다음에 컴퓨터에 입력해서 번역을 하는 순서다. 초서의 단계를 그저 건너뛰면 글의 내용도 수박 겉핥기로 대충 읽고 마는 경험을 수없이 했다.

여러 경로로 수습한 자료가 워낙 많아지다보니 발견 당시 보고서 내용을 깊이 음미하지 못한 채 방치해두는 수도 많다. 간혹 공부의 여가에 피곤도 풀 겸 예전 갈무리해둔 자료를 원고지에 필사해 옮기곤 한다. 그 과정에서 이렇게 중요한 자료를 어째서 그저 보고 덮어두었는지 안타까워 발을 동동 구를 때가 있다. 필사를 했기 때문에 눈에 들어오고 마음에 새겨지는 것이지 눈으로만 보아서는 절대 의미가 맺히지 않는다. 필사도 곁에 메모가 늘 따라붙어야 좋다. 글을 옮겨 쓸 당시의 정황을 적어도 좋고, 읽다가 떠오른 단상을 적어두는 것도 필요하다. 날짜를 꼭 함께 써두어야 뒤에 다시 그 자료를 읽을 때 자신의 생각이 발전되어 간 단계를 가늠할 수 있다는 점을 잊지 말아야 한다.

다산이 두 아들에게 초서를 권했지만 아들들이 잘 따르지 않자 답답해서 쓴 편지가 있다. 문집에 실린 「답이아答二兒」의 한 대목이다.

> 초서의 방법은 내 학문이 먼저 주장하는 바가 있어야만 저울질이 내 마음에 있게 되어 취하고 버리기가 어렵지 않다. 학문의 요령은 앞서도 이미 말했거늘 네가 필시 잊은 게로구나. 그렇지 않다면 어찌 초서의 효과를 의심하여 이 같은 질문을 한단 말이냐? 무릇 한 권의 책을 얻더라도 내 학문에 보탬이 될 만한 것은 채록하여 모으고 그렇지 않은 것은 눈길도 주지 말아야 한다. 이렇게 한다면 비록 100권의 책이라 해도 열흘 공부거리에 지나지 않는다.

두 아들은 그제야 아버지의 말뜻을 알고 초서에 매진했다. 그들도 나중에는 초서광이 되었다. 앞서 보았듯 강진의 다산 제자들은 예외 없이 총서를 하나씩 가지고 있었다. 총서란 초서집의 다른 이름이다. 자기 말은 하나도 없고 자기가 읽은 책을 베껴 쓴 것들이다. 여기에 자신의 호를 붙이고 총서라는 이름을 붙였다. 책 묶음 정도의 의미다. 이걸 보면 이들의 관심사나 공부 방식이 그대로 나온다. 주견이 없는 아이들에게 이런 방식은 인내심도 길러주고 베껴 쓰는 과정에서 공부의 안목이 열리는 희한한 경험을 하게 해주었다.

책은 눈으로 볼 때와 손으로 쓸 때가 확연히 다르다. 손으로 또박또박 베껴 쓰면 또박또박 내 것이 된다. 눈으로 대충대충 스쳐 보는 것은 말달리며 하는 꽃구경일 뿐이다. 베껴 쓰면 쓰는 동안에 생각이 일어난다. 덮어놓고 베껴 쓰지 않고 베껴 쓸 만한 가치가 있는가를 먼저 저울질해야 하니 이 과정이 또 중요하다. 베껴 쓰기는 기억의 창고에 좀더 확실하게 각인시키기 위한 위력적인 방법이다. 또 베껴 쓴 증거물이 남아 끊임없이 그때의 시간으로 되돌아가게 해주는 각성 효과가 있다. 초서의 위력은 실로 막강하다.

책과 관련된 아홉 가지 활동

구서재九書齋는 책벌레 이덕무가 젊은 시절 자신의 서재에 붙였던 여러 이름 중 하나다. 여러 해 전 광화문 교보문고가 새 단장을 하면서 구서재九書齋란 코너를 만든 것을 보았다. 분야별로 흩어진 좋은 책을 전문 디렉터의 안목으로 골라주는 셀렉트숍이란 취지라는데 서점측이 이덕무가 말한 구서재求書齋의 취지를 혹 조금 다르게 이해했나 하는 생각이 든다.

이덕무는 자타가 공인한 유명한 책벌레였다. 그는 부지런히 읽고 열심히 썼다. 그의 저서에 『이목구심서耳目口心書』라는 책이 있다. 귀로 듣고, 눈으로 보고, 입으로 말하고, 마음으로 느낀 것을 글로 썼다는 뜻이다. 그는 너무 가난해서 한겨울에도 방에 불을 땔 수가 없었다. 그의 『이목구심서』를 읽어보면, 그가 가난 속에서도 얼마나 열심히 책을 읽었는지 잘 알 수가 있다. 그가 쓴

「한겨울의 공부방」이란 글을 함께 읽어보자.

　　1765년 11월에 공부방이 너무 추워서 뜰 아래 있는 조그만 초가집으로 거처를 옮겼다. 방이 너무 누추해서 벽에 얼어붙은 얼음에 내 얼굴이 비쳤다. 방구들은 그을음 때문에 눈이 시었다. 아랫목이 불쑥 튀어나와 그릇을 놓아두면 자꾸 엎질러졌다. 낮에 해가 비쳐 쌓였던 눈이 녹으면 천장에서 누런 물이 뚝뚝 떨어졌다. 손님 옷에 한 방울이라도 떨어지면 깜짝 놀라 일어서곤 했다. 내가 미안해하면서도 게을러서 집을 고치지 못했다.

　　어린 동생과 그곳에서 한겨울을 났다. 그래도 글 읽는 소리가 그치지 않았다. 겨울 동안 큰 눈이 세 차례나 펑펑 내렸다. 큰 눈이 내릴 때마다, 이웃에 사는 키 작은 노인이 새벽마다 대나무 빗자루를 들고 와서 문을 두드리며 중얼중얼 혼잣말을 했다. "딱해서 어쩌나! 저 약한 학생이 추위에 얼지나 않았는가 몰라." 그러면서 노인은 눈 쌓인 마당에 먼저 길을 내서 문밖에 벗어놓은 신발을 탁탁 털고, 마당에 쌓인 눈을 쓸어 모아 둥글게 세 덩어리를 만들어놓고 가곤 했다. 이때 나는 벌써 이불 속에서 옛글을 서너 편이나 외웠다.

지붕에 연기가 오르는 것을 못 본 옆집 노인은 이웃의 공부하는 젊은이가 추운 겨울 찬방에서 생활하는 것을 알았다. 그래도 그 방에서는 밤이나 낮이나 책 읽는 소리가 끊이지 않았다. 그것이 기특하고 고마워서 눈이 펑펑 내린 날 새벽이면 자기 집 마당을 다 쓸고 나서 옆집 마당까지 깨끗이 쓸어주고 갔다. 사각사각 비질하는 소리에 이덕무의 옛글 외우는 소리도 아름다운 장단을 맞추었을 것이다. 이윽고 날이 환해져서 방문을 열면 마당엔 동그랗게 세 무더기의 눈더미가 쌓여 있었고, 신발은 깨끗하게 털려 방문 아래 가지런히 놓여 있곤 했다. 이 광경을 그려보노라면 괜히 기분이 좋아진다.

이덕무는 열여덟 살 때 자신의 거처에 구서재란 이름을 붙였다. 책과 관련된 아홉 가지 활동이 이루어지는 집이라는 뜻이다. 그 아홉 가지 활동은 바로 독서讀書·간서看書·초서鈔書·교서校書·평서評書·저서著書·장서藏書·차서借書·포서曝書였다. 이 글에서는 이 아홉 가지 활동에 대해 알아보겠다.

첫째는 독서다. 옛사람은 책을 어떻게 읽었을까? 입으로 읽고, 눈으로 읽고, 손으로 읽었다. 독서는 입으로 소리 내서 가락을 맞춰 읽는 것이다. 예전에는 책은 반드시 소리 내서 읽어야 하는 것으로 알았다. 동서양이 한가지로 다 그랬다. 그냥 읽는 것이 아니라 아랫배에 힘을 주고서 목청을 돋워 낭랑하게 읽었다. 서당은 종일 책 읽는 소리로 소란스러웠다. 어찌나 시끄러웠던지 서당 아이들의 책 읽는 소리가 한여름 밤 연못가 개구리 울음 소리 같다고 한 시인도 있었다. 옛사람들은 소리를 크게 내서 읽어야 글 속의 기운이 내 속으로 걸어들어온다고 믿었다. 소리와 함께 옛 성현의 생각과 기상이 내 안에 차곡차곡 쌓인다고 여겼다. 이른바 인성구기因聲求氣, 즉 소리로 인해 기운을 구하는 독서법이었다.

소리를 내서 읽으면 좋은 점이 참 많다. 좋은 글에는 무엇보다 리듬이 살아 있다. 훌륭한 책은 내용도 좋지만 무엇보다 글의 가락이 자연스럽다. 글의 결은 소리를 내서 읽어야 비로소 느껴진다. 좋은 글을 여러 번 소리 내서 읽으면 말의 가락이 살아나서 울림이 더 깊어진다. 오늘날은 낭독의 중요성이 강조되지 않지만 좋은 글을 쓰려면 소리 내서 읽는 연습을 많이 해야 한다.

조선시대 옛날이야기 속에는 밤낮 책만 읽는 옆집 총각의 목소리에 마음을 빼앗긴 이웃 처녀가 담장을 뛰어넘어 사랑을 고백하는 이야기가 심심찮게 나온다. 한문책 읽는 소리는 멀리서 들으면 마치 노랫소리 같다. 고저장단의 가락이 착착 맞는다. 거기다가 해맑은 목소리로 날마다 밤 깊도록 낭랑하게 책을 읽으니, 옆집 처녀의 마음이 두근두근 설레는 것도 당연하다. 소리를 내서 읽을 때는 몸을 전후 또는 좌우로 조금씩 흔들며 가락을 맞췄다. 한참을 읽다보면 어느새 밤이 깊어 있었다.

두번째는 간서다. 눈으로 읽는 것이다. 앞서 본 우암 송시열 선생이 자신의 화상에 붙인 찬贊에서, "창 밝고 고요한데, 주림 참고 책을 본다窓明人靜, 忍饑看書"라고 한 글에 보인다. 사방은 고요하고 방안엔 달빛이 비친다. 배에서 문득 꼬르륵 소리가 난다. 하지만 나는 책에서 눈을 뗄 수가 없다. 허리를 곧추세우고 글을 읽는다. 이 송시열 선생이 쓰시던 앉은뱅이책상이 지금도 그대로 남아 있다. 큰 통나무를 네모지게 잘라, 가운데 부분을 V자 모양으로 팠다. 책을 얹어놓아도 엎어지지 않는 독서대를 겸했다. 이런 소박한 책상 앞에서 배고픔을 참고서 책을 읽었다. 배고플 때 책을 읽으면 책 읽는 소리가 더 낭랑하다. 하지만 깊은 밤중에 생각에 골똘히 잠겨 읽을 때는 소리는 멎고 눈으로만 읽었다.

세번째는 초서抄書다. 초抄라는 한자는 베낀다는 뜻이다. 책을 그냥 읽는 것이 아니라 중요한 부분을 베껴가며 손으로 읽는 것이다. 다산 정약용 선생이 가장 역점을 두어 강조했던 독서법이다. 초서의 방법을 제대로만 익힌다면 열흘에 100권의 책도 문제없이 해치울 수 있다고 말했다. 스승의 가르침을 따라 다산초당의 제자들은 저마다 독서노트를 가지고 책을 읽었다. 이 책을 왜 읽는지 목표를 정하고, 어떤 내용을 간추릴지 미리 생각한 후 공책을 펴놓고 붓을 든 채 책을 읽었다. 이렇게 손으로 베껴 쓰면서 읽으면 읽고 나서도 내용이 오래 기억되고 생각이 명료하게 정리되어 독서의 효과가 대단히 높았다. 얼마 전 광주로 내려가 다산의 제자 황상과 그의 아우 황경이 초서한 책자 수십 권을 직접 보고 온 적이 있다. 모두 맵게 초서한 공부의 결과물이다.

네번째는 교서校書를 꼽았다. 교서는 잘못된 부분은 없는지 살펴보아 교정해가며 읽는 것이다. 읽다가 궁금하거나 의문이 생기면 그냥 넘어가지 않고, 관련 자료를 뒤져서 내용을 확인한다. 잘못된 부분이 나오면 이를 바로잡고 여백에 메모를 남긴다. 추사 연구자였던 후지쓰카 지카시가 소장했던 책에는 원문의 오류를 붉은색 먹글씨로 바로잡아둔 교서의 흔적이 곳곳에 있다. 그는 새로 책을 구하면 교서부터 시작했다. 제자가 귀한 책을 구했다는 소식을 들으면 먼저 가져오게 해 교서 작업을 해서 빨간 먹글씨로 고쳐주곤 했다. 스승의 교서 흔적이 있는 책을 지닌 것을 제자들은 큰 자랑으로 알았다. 이런 교서 작업을 통해 책을 허투루 읽지 않고 꼼꼼히 읽는 학문의 기본기를 닦았다. 특히 출판물보다 필사본에 의존했던 조선시대의 서책들은 베껴 쓰는 과정에서 잘못 쓰거나 빠뜨리는 실수가 잦았으므로 책 읽기에서 교서의 과정이 중시되었다. 조선시대 경적經籍의 인쇄를 담당하던 관청 이름도 교서관校書館이었다. 책을 출판하려면 교서 과정이 무엇보다 선행되어야 했기 때문이다.

다섯번째는 평서評書다. 평서는 교서보다 좀더 적극적인 독서 활동이다. 평서는 책을 읽고 나서 책의 인상적인 부분이나 책 전체에 대한 감상과 평을 남기는 일이다. 책은 읽을 때마다 느낌이 달라진다. 사람의 기억은 잠깐 만에 사라져버린다. 그러니까 책을 읽고 나서는 읽고 난 소감을 적어둘 필요가 있다. 훗날 예전에 쓴 독후감을 보면 당시의 내 생각을 알 수 있고, 지금의 생각과 견줘볼 수도 있다. 무엇보다 한번 익힌 것을 기억의 저장고 속에 잘 간직해두려면 이 평서 활동이 중요하다. 평서도 책 위쪽에 쓴 것은 미평眉評이라 하고 끝에 쓴 것은 미평尾評이라고 했다. 이덕무는 박지원의『종북소선鍾北小選』이란 선집을 자신의 친필로 베낀 후 책 상단과 좌우 여백에 붉은 먹으로 평을 단 책을 남겼다. 여기 적힌 평들은 그 자체로 한 편 한 편의 훌륭한 작품이다. 이덕무가 이서구에게 보낸 편지에서도 "그대의 장서를 내게 교서하고 평서하게 한다는 말을 듣고 너무 기뻐서 잠을 이루지 못하였소"라고 쓴 내용이 보인다.

여섯번째는 저서著書다. 독서가 깊어지면 남의 책을 읽는 데 그치지 않고 제 생각을 펼쳐 보이고 싶어진다. 비로소 붓을 들어 먹물에 적신 후 흰 종이 위에 자기의 생각을 적어나간다. 이 제껏 책 읽기와 관련된 여러 활동은 사실 이 순간을 위한 준비에 불과하다. 사람은 제 말 하자고 사는 존재다. 제 목소리 없이 평생 남의 말만 따라 하는 것은 앵무새다. 사람만 제 말을 할 줄 안다. 저서는 글쓰기다. 이제까지는 남의 글을 읽기만 했는데 많이 읽고 자꾸 생각하다보니 나도 할 말이 생긴 것이다. 그래서 내가 하고 싶은 말을 조리 있고 설득력 있게 펼쳐서 독자들이 공감하면 그것이 곧 저서다. 내가 저자가 되는 것이다.

일곱번째는 장서藏書를 들었다. 장서는 책을 보관한다는 뜻이다. 책을 잘 간수해서 찾기 쉽게 배열하고, 낡아서 해진 책은 새로 묶고 표지를 바꾼다. 어떤 사람은 책을 구하면 장서인부터 먼저 찍었다. 붉은 인주로 책의 첫 면에 자신의 이름이 새겨진 인장을 꽉 찍는 순간 그 책은 비로소 자신의 소유물이 되었다. 장서의 규칙 같은 것을 세세히 적어둔 옛글도 적지가 않다. 어떤 장서가는 자신의 장서 목록을 별도의 책으로 만들기도 했다. 심한 경우 각각의 책이 꽂힌 위치까지 적어두었다.

여덟번째는 차서借書다. 차서는 남에게 책을 빌리는 것이다. 책값은 그때나 지금이나 꽤 비싸서 읽고 싶은 책이 많아도 모두 손에 넣을 수가 없다. 이덕무는 집이 몹시 가난했기 때문에 책 살 돈이 늘 귀했다. 누가 귀한 책을 가지고 있다는 말만 들으면 그에게 찾아가 책을 빌려왔다. 주인이 책을 빌려주지 않으면 빌려줄 때까지 사정했다. 어떤 때는 아예 책을 한 권 더 베껴 써주는 조건으로 빌려오기도 했다. 이럴 때는 자신의 몫까지 남기려면 두 벌을 베껴 써야만 했다. 빌려온 책은 반드시 약속을 지켜 반납했다. 이렇게 신용이 쌓여 이덕무가 책을 빌려달라고 하면 두말없이 빌려주었다. 나중에는 이덕무의 눈을 거치지 않았다면 좋은 책이라 할 수 없다며 새로 구한 책을 보라고 보내오는 경우마저 있었다.

아홉번째는 포서曝書다. 포서는 책에 햇볕을 쬐어 말리는 일을 말한다. 봄가을로 햇볕이 쨍쨍한 날에 옛사람들은 서재 속에서 습기를 머금어 눅눅해진 책들을 마당에 일제히 널어놓고 시원한 바람에 먼지를 털고 책을 말렸다. 한지는 질기고 오래가지만 방 안이 환기가 잘되지 않아서 습기를 잔뜩 머금으면 곰팡이가 피고 좀벌레가 생긴다. 좀벌레는 책을 집 삼아 숨어 살면서 책을 갉아먹고 산다. 옛날 책에는 좀벌레가 갉아먹어 책 속에 복잡한 길이 난 것들이 많다. 이런 책벌레가 제일 싫어하는 것은 환한 햇볕이다. 바람이 선선하게 불고 햇살이 내리쬘 때 마당 가득 흰 종이책을 널어놓으면 햇살에 놀란 책벌레들이 한꺼번에 나와 달 아난다. 축축하고 눅눅하던 책이 바짝 말라서 챙챙거리며 되살 아나는 느낌도 새롭다.

　이것이 이덕무가 말한 구서재의 아홉 가지 책 이야기다. 열여 덟 살이면 지금으로 쳐서 고등학교 2학년 나이다. 이때 벌써 그 는 책에 파묻혀 사는 책벌레였다. 겨울에는 불 때지 않은 냉방에 서 벌벌 떨며 책을 베껴 썼다. 동상에 걸려 통통 부은 손으로 그 는 묵묵히 초서하고 교서하고 평서했다. 이덕무는 「간서치전看書 痴傳」, 즉 「책 보는 바보 이야기」란 글에서 자기 자신에 대해 이렇 게 적었다. "어려서부터 스물한 살 때까지 하루도 고서를 손에서 놓은 적이 없다. 그 방은 몹시 작다. 하지만 동쪽, 남쪽, 서쪽에 창문이 나 있다. 해가 동쪽에 있으면 동창 아래서 읽고, 서쪽으 로 기울면 서창 아래서 빛을 받아 책을 읽었다. 한 번도 못 본 책 을 보면 너무 기뻐 웃었다. 집안 식구들이 그가 웃는 것을 보고 어디서 또 기이한 책을 구해온 줄을 알았다."

그의 공부방은 한겨울에도 불을 때지 못해 방바닥에 놓아둔 물그릇이 자고 나면 꽁꽁 얼어 있곤 했다. 입김을 불면 성에가 되어 이불깃이 버석거렸다. 창틈으로 눈가루가 흩날려 벼루 위로 떨어지기도 했다. 너무 추워 얼어 죽을 것만 같아 『한서漢書』 한 질을 비늘처럼 이불 위에 늘어놓고, 『논어』를 병풍처럼 세워 겨우 얼어 죽는 것을 면한 일도 있다.

이웃집에서 들려오는 웃고 떠드는 소리에 자신의 가난한 삶이 너무도 슬퍼서, 미친 사람처럼 소리를 지르며 밖으로 뛰쳐나갈 뻔한 순간도 있었다. 그러다 문득 자세를 가다듬고 천장을 우러러보며 다짐했다. "명예와 절개를 세울 수만 있다면 비록 바람서리가 휘몰아치고 거센 파도에 휩쓸려 죽게 된다 할지라도 후회하지 않겠다. 또 인간 세상의 쌀과 소금 따위 자질구레하게 사람을 얽어매는 것들은 훌훌 벗어던져 조금도 마음에 두지 않겠다." 그러고는 허리를 꼿꼿이 세워 『논어』를 꺼내 큰 소리로 읽었다. 답답하고 미칠 것 같던 마음이 책 읽는 소리에 점차 가라앉아, 어느새 맑은 정신이 돌아왔다.

그는 서얼이었다. 어머니와 시집간 누이는 영양실조 끝에 폐병으로 일찍 세상을 떴다. 사흘을 굶다가 『맹자』 7책을 전당포에 맡기고 쌀로 바꿔와 굶어죽기를 면한 일도 있었다. 그 고통 속에서도 곁눈질 않고 열심히 공부하고 책을 읽었다. 그는 마침내 자신의 능력을 인정받아 왕립도서관인 규장각의 검서관으로 발탁되었다. 정조는 그가 책 읽는 소리를 사랑해서, 임금 앞이라 떨려 자꾸 기어드는 목소리를 나무라며 가까이 와서 큰 소리로 읽게 했다. 정조 임금은 그를 몹시 아껴 관직에 있는 동안 무려 520차례나 하사품을 주었다. 그의 삶에서 책을 빼고 나면 아무것도 남는 게 없다.

제2부

메모광

고서 속의 메모

공부는 메모로 시작해서 메모로 끝난다. 공부광은 예외 없이 메모광들이었다. 그들은 끊임없이 메모하고 쉴새없이 적었다. 메모지에 적고 책의 여백에 적고, 그것도 모자라 종이를 붙여가며 적었다. 습관을 들이기 어려워 그렇지 익숙해지면 메모의 욕망은 강렬하고 그 위력은 막강하다. 종이와 펜이 없을 때 생각이 유독 많아지는 것은 참 야속한 일이다.

지난 2012년 겨울, 하버드 대학교 옌칭연구소에 체류하고 있을 때 보스턴의 유명한 한인 건축가 우규승 선생의 건축사무소에서 조촐한 모임이 열렸다. 하버드에 와 있는 방문학자들과 하버드 건축 스쿨의 학생들이 모임에 초대받았다. 우선생은 건축에 대한 자신의 생각과 그간 해온 작업의 과정, 자신이 살아온 여정에 대해 담백하게 말했다. 처음엔 가볍게 포도주나 마시며

환담하는 자리로 알았다. 그의 말을 듣는데 한마디 한마디 흘려들을 얘기가 없었다. 급히 수첩을 꺼내 메모를 시작했다.

보스턴을 떠나 한동안 뉴욕으로 사무실을 옮길 당시를 얘기하면서 그는 "무엇을 하려고 떠난 것이 아니라, 떠나서 하려고 했다"고 말했다. 젊은 시절 건축가 김수근 선생을 만났더니 "할 일이 없거든 네 집부터 지어라"라고 했다는 얘기도 들려주었다. 돈이 없는데 어떻게 집을 짓느냐고 반문하자 돈이 없으니 짓지 돈이 있으면 왜 짓느냐는 대답이 돌아왔다. 그 순간 크게 한 수 배웠다. "상업 공간은 수요자의 요구를 수용하는 것이 옳다. 수요자의 요구를 반영하면서 늘 더 좋아지는 것을 느낀다." "제일 중요한 것은 놓인 상황을 객관적으로 파악하는 것이다. 그리고 가슴에 와닿는 일을 해야 한다." "지하와 지상의 관계는 흑백의 관계가 아니다. 연계되어 있다." "프로젝트가 들어오면 붙여놓고 언제까지고 들여다본다. 그러다보면 저절로 나오는 순간이 있다." "모든 것은 빨리 바뀐다. 세상의 변화 속도는 정말 빠르다. 그러니 바뀌는 것을 따라가려 하지 말아야 한다. 하지만 바뀌는 것에 대한 인식 자체는 필요하다." "경계를 너무 짓지 마라. 구획에 갇히지도 마라. 다른 가능성이 엄청나다. 내 역량 안에서 자기 한계를 규정하지 마라."

툭툭 던지는 말 속에 주옥같은 얘기가 많았다. 메모를 하다가 문득 둘러보니 근 서른 명에 가까운 참석자 중에 메모하는 사람이 나 하나밖에 없었다. 건축학을 전공하는 하버드 건축 스쿨의 스무 명이 넘는 한국 학생들 중 아무도 수첩을 손에 들고 있지 않았다. 그냥 듣기만 하다가 나중에 하는 질문은 어떻게 해야 졸업 후 미국 건축사무소에 취직할 수 있는가 같은 현실적인 것들 뿐이었다. 몹시 실망스러웠다. 나도 그때의 메모가 아니었다면 이제 와서 당시 그의 얘기는 고사하고 그의 이름조차 가물가물했을 것 같다.

대화를 나누거나 책을 읽다가 기억하고 싶은 구절을 적어둔다. 순간 떠오른 생각을 즉각적인 메모로 포획한다. 모든 생각이 다 쓸모 있는 것은 아니다. 하지만 생각의 씨앗 없이 사고는 발전하는 법이 없다. 순간적인 생각만이 아니라 이 책을 읽다가 저 책이 생각나고, 이 생각을 하다가 저 생각이 떠오른다. 그것도 적어둔다. 그런 메모들이 차곡차곡 쌓여 생각에 날개가 달리고 사고에 엔진이 붙는다. 처음엔 막연하고 아마득했는데 메모하면서 정돈하다보면 생생하고 성성해진다.

옌칭도서관 선본실에서 우연히 보게 된 일본판 『주역본의통석周易本義通釋』은 매 페이지마다 빈틈없이 메모로 빼곡했다. 붓으로 어떻게 이렇게 작은 글자를 쓸 수 있나 싶을 만큼 작다. 확대경을 들이대야 글씨가 겨우 판독된다. 획 하나의 굵기가 머리카락 절반이다. 눈을 찡그리며 읽다보면 한숨이 절로 나온다. 한두 페이지만 그런 것이 아니라 책 전체가 온통 그렇다. 이럴 때 책

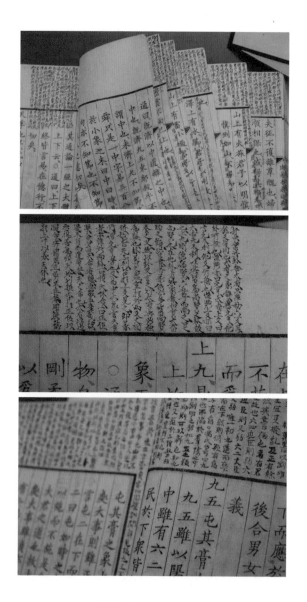

「주역본의통석」의 빼곡한 메모들.

은 그냥 책이 아니다. 한 사람의 일생정혈―生精血 그 자체다. 그의 꿈과 그의 긍지, 그의 보람이 이 속에 응결되어 있다. 이런 사람 앞에서 누가 감히 『주역』에 대해 말할 수 있겠는가?

그는 『주역본의통석』과 함께 관련 있는 다른 책을 여럿 펼쳐 놓고 읽는다. 참고하고 비교할 만한 내용은 책의 여백에 아주 작은 글씨로 또박또박 적어나간다. 상단의 여백에 적다가 넘치면 행간에 적고, 행간이 복잡해지면 붉은 먹으로 구분해서 적었다. 그래도 쓸 게 남아 있으면 아예 종이를 덧붙여서 마저 적었다. 그렇게 메모로 빼곡한 책장을 한 장 한 장 넘길 때 그는 얼마나 뿌듯했을까?

또다른 책은 생각이 책장 밖으로 넘쳐흘러서 주렁주렁 메모지를 봉지 매달듯 달고 있다. 쪽지에 적어서는 도저히 성에 안 찼는지, 아예 큰 종이에 잔뜩 적어 붙여놓고 접었다. 아래위로 접기도 하고 양옆으로도 접었다. 하도 정신 사나워서 차라리 별도의 공책에 적는 게 낫다 싶을 정도다. 자신이 접어 붙여둔 종이를 한 장 한 장 펼칠 때의 쾌감이 내게도 전해진다. 그 자체가 하나의 예술 작품이다.

『고본명유사서대전古本名儒四書大全』도 매 페이지마다 메모와 붉은 먹으로 그은 밑줄이 빈틈없이 빼곡하다. 그 엄청나게 방대한 책을 한 장 한 장 꼼꼼하게 메모하고 정리하는 데 걸렸을 시간과 노력, 그리고 그 사이에 그의 마음속에 들어왔다가 나갔을 수많

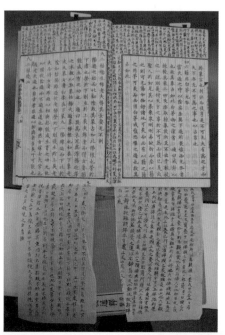

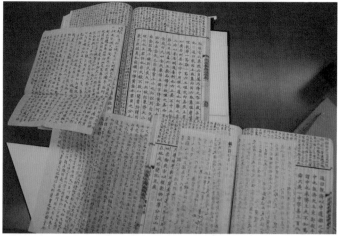

책에 덧대어 주렁주렁 붙인 메모.

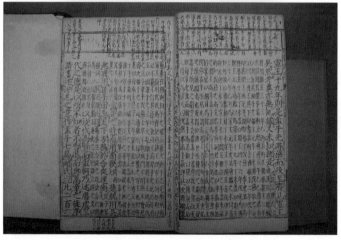

「고본명유사서대전」 여백과 행간에 빼곡한 메모.

은 깨달음들에 생각이 미치자 나는 놀라 사진을 찍다 말고 그만 아득해진다.

메모는 기억의 한계로부터 생각을 지키려는 방어기제다. 메모가 없이는 기억은 지워지고 생각도 쉬 떠난다. 공부는 기억과 생각 관리가 가장 중요하다. 퍼뜩 스쳐간 생각은 그저 나온 것이 아니다. 떠오른 생각은 그때그때 붙들어두지 않으면 연기처럼 사라지고 만다. 운 좋게 되살려도 처음 그것과는 다르다. 붙들려면 적어두어야 한다. 적어둘 때 내 것이 된다. 적어둬야 또렷해진다.

책 속 메모와의 대화

해외에 나갈 기회가 생겨 그곳의 박물관이나 서점의 기념품 숍에 들르면 습관적으로 메모에 적합한 공책을 찾곤 한다. 너무 두꺼운 것은 지루해서 싫고 너무 커도 못 쓴다. 화려해도 금방 싫증이 난다. 맞춤한 두께로 손에 딱 잡히는 크기의 노트와 만나면 기분이 좋아진다. 그렇게 눈에 띌 때마다 욕심 사납게 사 모아 아직 손대지 않은 채 늘어선 노트가 책장 한 칸을 가득 채우고 넘친다. 저마다 디자인이 다르고 구입한 장소의 기억이 묻어 있어 공책을 바꿀 때마다 설렌다. 지난달 학술회의 참석차 대만에 갔을 때도 열 권이 넘는 공책을 사는 바람에 함께 갔던 아내의 눈총을 받았다.

공책이 꽂힌 책꽂이의 옆 칸에는 이미 사명을 완수한 메모장이 퇴역 장성처럼 듬직하게 꽂혀 있다. 이따금 이것들을 펼치면 어느 국제학술회의장으로 내가 문득 돌아가 있고, 섬광처럼 떠오른 영감에 숨도 안 쉬고 펜을 휘갈기던 밥상 앞의 어느 저녁 나절이 떠오르기도 한다. 국이 식는다고 나무라는 아내에게 '잠깐만, 잠깐만' 하던 기억과 함께. 잠을 깨서 꿈속의 중얼거림을 적어둔 무슨 말인지 모를 암호문도 보인다. 논문을 써야겠다고 작정하고 처음 적어둔 메모는 이미 오래전에 논문으로 완성되어 출판되었다. 앞뒤를 들춰보면 그 첫 메모가 발전되어간 자취까지 오롯하다. 아 참! 그때 이런 생각을 했었군. 문제의식이 형편없었네. 이건 대체 왜 적었을까? 아니 이걸 어떻게 잊고 있었지? 이 때문에 까맣게 잊고 있던 연구 주제가 새로 시작되는 수도 있다.

하버드 옌칭연구소에 머무는 동안 워낙 많은 책을 한꺼번에 집중적으로 접하다보니 메모 없이는 기억의 기화 속도가 놀라우리만치 빨랐다. 분명히 내가 읽고 직접 메모한 것인데도 며칠 뒤에 살펴보면 전생의 일인 양 아마득했다. 한국에서 올 때 과천문화원에서 펴낸 후지쓰카의 연구서를 배편으로 부쳤다. 그 바람에 시일이 걸려 답답했다. 한 권을 다시 급히 구해 빼곡히 메모를 시작했다. 나중에 책이 도착해서 보니 같은 면에 비슷한 메모가 이미 적혀 있었다. 그걸 까맣게 잊고 마치 새로 신기한 발견이라도 한 듯 호들갑을 떤 것이 머쓱했다. 재미난 것은 본인은 잊고 있던 내용이라도 생각의 결을 따라 결국 비슷한 경로로 같은 지점에 도달한다는 점이다. 도달하고 나서야 데자뷔라고 하나, 왠지 친숙한 기시감旣視感이 들어 문득 예전에 한 차례 똑같은 과정을 거쳤던 적이 있다는 사실을 문득 깨닫게 된다.

안되겠다 싶어 작정하고 일기를 쓰는 한편으로 주제에 따라 제목을 달아 세분한 별도의 노트를 만들어 적어나가기 시작했다. 청대의 문집을 작가별로 정리해 검색한 책의 리스트를 적은 공책을 만들었다. 그때그때 떠오른 공부의 단상은 별도의 노트에 수습했다. 도서관에서 빌려야 할 책의 도서번호와 그날그날 해야 할 일을 적은 작은 수첩은 가방 앞쪽에 넣어두었다. 책을 보다가 중요한 내용은 잊어버리기 전에 아예 해당 부분을 복사해 오려 공책에 풀칠해서 붙여두었다.

2013년 봄 한림대학교 박물관에서 개최한 '산해관을 넘어 현해탄을 건너'는 재일 한국인 사학자 이원식 선생이 평생 모아 기증한 자료를 전시한 특별전이었다. 조선통신사와 연행사 관련 자료가 많이 나왔다. 도록을 보니 이중 후지쓰카 지카시가 소장했던 필첩만 5종이나 출품되었다. 박물관측은 이 유물이 후지쓰카의 소장품이었다는 사실을 미처 모르고 있었다. 그도 그럴 것이 도록 어디에도 후지쓰카와 관련된 흔적이 하나도 남아 있지 않았다. 나는 전화로 박물관에 부탁해 옌칭연구소로 보내온 도록을 받는 순간 이것들이 후지쓰카의 손을 거친 자료임을 바로 알아차렸다. 어떻게? 이 자료에 대해 후지쓰카 자신이 책 속에서 언급한 내용이 있었기 때문이다.

후지쓰카는 메모광이었다. 이게 과연 그의 책일까 싶다가도 책갈피에 무심히 꽂힌 메모지의 낯익은 글씨 때문에 표정이 환해진 것이 한두 번이 아니었다. 필요한 정보를 여백에 쓰고 조금 긴 메모는 꼭 네모지게 자른 메모지에 붓으로 써서 끼워놓았다. 본문 내용에 참고가 될 만한 자료를 다른 책에서 찾아 적고 면수까지 적어놓았다. 메모 중에는 이곳 옌칭도서관에서조차 도저히 찾을 수 없는 책들이 적지 않았다. 그의 서재에 간직되어 있다가 미군의 도쿄 폭격 때 불타버린 자료 속에 포함되었을 책들이다. 이러면 안타깝고 답답해진다. 다행이 이곳에도 있는 책들은 찾아보면 그의 메모가 일러준 위치에 정확히 그 내용이 적혀 있었다. 이렇게 한 권의 책이 다른 한 권의 책을 불러낸다. 이런 네트워크는 신기하다 못해 신통하다. 그는 하도 책을 많이 보는 바람에 맥락을 메모로만 연결지어놓고 미처 글로 쓰지는 못했다. 나는 그가 일러준 지도를 따라가 그 끝에서 그의 보물과 만나곤 했다. 나는 날마다 이렇게 그와 대화를 이어갔다.

그날도 『청조문화 동전東傳의 연구』를 읽는데, 이서구李書九가 친필로 베껴 쓰고 첫 면에 자신의 인장을 찍고 작은 글씨로 필사 경위까지 친필로 써둔 『춘추금쇄시春秋金鎖匙』란 책 이야기가 나왔다. 후지쓰카는 자신의 책에 당시 경성제대 교수로 함께 봉직하던 이마니시 류今西龍. 1875~1932 교수가 원본을 소장하고 있어 자신

자신의 장서 책갈피에 꽂혀 있는 후지쓰카의 친필 메모.

이 그에게 이 책을 빌려 본 적이 있다고 적어놓았다. 이마니시 교수가 소장했던 이 책이 지금은 어디에 있을까? 이마니시 교수의 장서 목록이 남아 있을까? 찾아보니 덴리天理 대학과 교토京都 대학에 나뉘어 소장된 그의 장서 목록이 이곳 도서관에 다 있었다.

덴리 대학 도서 목록을 꺼내와서 앞에서부터 두 장을 넘기자 그 책 이름이 바로 나왔다. 책의 항목 설명 중에 이서구의 친필이란 이마니시의 추기追記가 남아 있었다. 후지쓰카가 빌려 보았다던 그 책이 틀림없었다. 얼마 전 후지쓰카에 대해 쓴 내 글을 읽고 자신도 후지쓰카를 연구하고 있던 터에 반가웠노라며 메일을 보내왔던 간사이關西 대학 박사과정 김효진씨에게 메일을 보

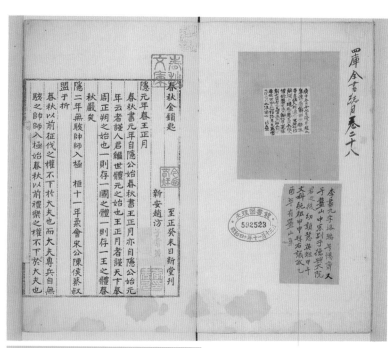

『춘추금쇄시』 첫 펼침면과 이서구가 필사의 경과를 적어둔 친필 메모. 맨 아래 이서구의 장서인이 찍혀 있는데 그 위에 유선지를 붙여두었다.

내 이 자료의 복사를 부탁했다. 두 달 뒤 컬러로 깨끗하게 복사된 자료가 하버드로 당도했다. 조심스레 포장을 풀었다.

본문 첫 면에 책 이름을 적고 그 아래 두 줄에는 원래 활자본의 출판사와 저자 이름을 썼다. 그리고 그 바로 아래 '이서구인李書九印'을 찍었다. 이서구의 장서인 위에는 때가 타지 않도록 투명한 유선지까지 붙여두었다. 바로 위에는 '금서룡今西龍'과 '금서춘추今西春秋'라 새긴 이마니시 류의 장서인이 있고, 상단에 '춘추문고春秋文庫'라 새긴 인장을 하나 더 찍었다. 겉표지 뒷면의 여백 상단에 이서구 친필의 작은 글씨가 적혀 있었다. 경오년(1810) 5월에 유독 한 권이 누락된 이 책을 구해 마저 베껴 구색을 갖추고 『춘추』를 공부하는 사람의 요긴한 공부거리로 삼고자 한다는 내용이었다.

후지쓰카와 이마니시 두 사람의 메모가 예전 이서구가 이빨 빠진 책 한 권을 채워넣으려고 베껴 쓴 책의 소재를 알려주었다. 지금 이 책은 일본 덴리 대학 도서관에 중국 책의 이름을 달고 한 갑자나 먼지 속에 꽂혀 있다. 후지쓰카가 메모를 남겨놓지 않고 이마니시가 관련 기록을 적어두지 않았다면 이 책이 이서구가 친필로 베껴 쓴 책인 줄을 누가 꿈엔들 짐작이나 할 수 있겠는가? 이 책은 틀림없이 중국 책이지만 분명히 조선 책이기도 하다. 짧은 메모 덕에 나는 나이들어서도 공부에 대한 열정이 식지 않았던 50대 중반의 이서구와 다시 조우할 수 있었다.

이마니시는 자신이 애장한 이덕무의 『청비록清脾錄』을 보고 해당 전공자인 후지쓰카가 계속 침을 흘리자, '옜소. 이건 당신이 갖는 게 맞겠소' 하고 양도해준 일이 있다. 후지쓰카는 자신의 책 속에 이때 일도 적어두었다. 옌칭도서관에서 『청비록』을 본 순간, 나는 이 책이 아마니시가 그에게 주었던 바로 그 책임을 직감했다. 『청비록』에는 일반적인 후지쓰카 장서 표시가 하나도 없었다. 하지만 후지쓰카의 메모로 인해 후지쓰카 컬렉션의 일부였음을 확인할 수 있었다.

이마니시는 후지쓰카가 그랬던 것처럼 책을 자기 스타일로 제본하고 친필로 제첨을 다는 습관이 있었다. 일종의 영역 표시 비슷한 행동인데 후지쓰카는 그를 존중해 이 책만은 자기 식으로 다시 손대지 않았다. 그러고 보니 예전에 본 『우선정화록藕船精華錄』이란 책이 비슷한 스타일인 것이 생각났다. 두 책을 꺼내서 나란히 놓자 한 사람의 것이 분명했다. 그렇다면 이 『우선정화록』도 이마니시 류가 후지쓰카에게 양여했거나 뺏긴 한 책이라는 추정이 가능하다. 추사의 제자 이상적의 문집 중 정화만 추려서 묶은 책이라면 후지쓰카는 이 책에 눈독을 들일 수밖에 없다. 이런 사실은 스쳐 지나듯 적어둔 아주 간단한 메모로부터 시작된 추론이다. 결국 이렇게 해서 후지쓰카 컬렉션의 목록 두 개가 더 늘어났다.

이마니시 류가 후지쓰카 지카시에게 양여한 것으로 『옹씨가

사략기翁氏家事略記』란 책이 이곳 도서관에 한 권 더 있었다. 옹방강을 검색어로 해서 서핑하다가 책 제목을 보고 흥미를 느껴 빌려냈다. 짙은 청색 표지를 넘기자 누렇게 바랜 옛 표지가 나오는데 누군가 붓으로 쓴 메모가 적혀 있었다. 내용을 읽어보았다.

희손憙孫이 전부터 담계覃溪 노인을 위해 전기를 지으려 했지만 늦게 태어나 평생의 사실을 얻을 수가 없는데다 흩어져서 이미 볼 수가 없었다. 증거가 없으면 믿지 않는 법인데 일대의 문헌이 여기에 대략 갖추어져 있으므로 우선滿船 선생에게 부친다.

정유년(1837) 정월.

다시 한 장을 넘기자 '옹씨가사략기'란 책 제목 옆에 '대흥옹방강원고大興翁方綱原稿, 길림영화교정吉林英和校訂'이라고 적힌 본문이 나왔다. 위의 메모는 청대의 유명한 학자 왕희손汪憙孫, 1786~1847이 추사의 제자인 역관 이상적李尙迪, 1804~1865에게서 옹방강의 전기를 구해볼 수 없느냐는 부탁을 받고 이 책을 건네주며 거기에 친필로 쓴 것이었다. 자신이 예전부터 옹방강의 전기를 지으려고 자료를 수집해왔으나 신뢰할 만한 자료를 얻지 못해 착수하지 못했다. 그러다가 옹방강이 직접 작성한 원고에 바탕을 두어 만주 사람 영화英和, 1771~1840가 정리한『옹씨가사략기』를 보니 내용이 자세해 참고로 삼을 만하므로 이상적에게 부쳐 보낸다는 내용이었다.

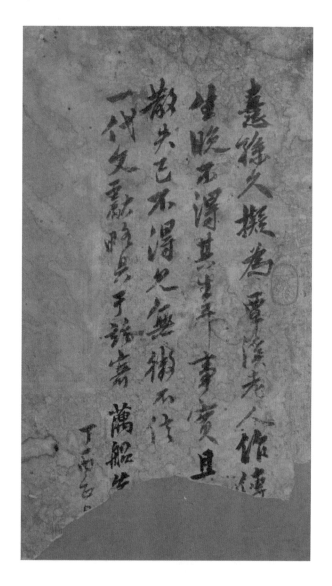

「옹씨가사략기」 옛 표지에 적힌 왕희손의 친필 메모.

책의 첫 면에 장서인이 주욱 찍혀 있다. 맨 아래 것은 '이상적인李尙迪印', 그 위 것은 '금서룡今西龍', 다시 그 위에 '망한려望漢廬'란 인장이 선명했다. 어깨가 절로 들썩였다. 이 책의 소유주가 어떻게 바뀌어왔는지를 한눈에 알 수 있었다. 왕희손에게서 이 책이 건네지자 이상적이 기뻐서 자신의 성명인을 장서인 대신 찍었다. 그것이 다시 이마니시 류의 소유가 되고, 망한려 주인 후지쓰카가 마침내 이마니시에게 이 책을 양도받아 자신의 인장을 나란히 찍었다. 아마도 후지쓰카는 자신이 지닌 〈세한도〉의 원래 주인이기도 했던 이상적의 이름에 자신의 이름을 나란히 놓아두고 싶은 욕심에 평소와 달리 이 인장 하나를 꾹 눌러 찍었던 듯하다.

이런 생각을 하며 이 책을 다시 보니 참 사연이 기구하다. 중국 학자 왕희손이 1837년 조선의 이상적에게 보낸 책이 그의 서재에서 애정 어린 손길을 받다가 일본 학자 이마니시 류의 손에 들어갔다. 애초에 이상적은 스승 추사가 평생 앙모했던 옹방강의 생애를 살피기 위해 이 책을 어렵사리 손에 넣었었다. 이마니시 류의 서재에서 이 책을 본 후지쓰카는 자신의 연구 주제인 추사의 학연에 닿은 이 책에 눈독을 들여 마침내 책에 자신의 장서인을 찍는 데 성공했다. 그리고 후지쓰카가 세상을 뜬 뒤 이 책은 다시 일본의 서적상에 매물로 나와 1955년 7월 15일에 미국 하버드 옌칭도서관의 직인이 찍혔다. 그후 60년간 누구의 눈길

141

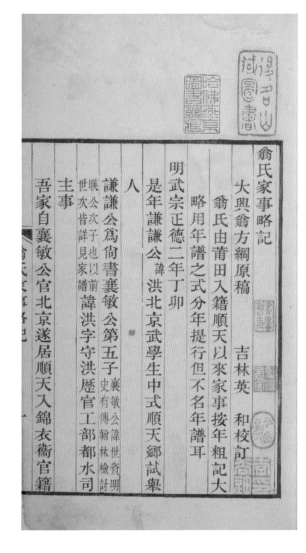

翁氏家事略記

大興翁方綱原稿

吉林英和校訂

翁氏由莆田入籍順天以來家事按年粗記大略用年譜之式分年提行但不名年譜耳

明武宗正德二年丁卯

是年謙謙公諱洪北京武學生中式順天鄉試舉人

謙謙公爲尚書襄敏公第五子 襄敏公諱世資明史有傳翰林檢討

世次皆詳見家譜 諱洪字守洪歷官工部都水司主事 聯公次子也以前

吾家自襄敏公官北京遂居順天入錦衣衛官籍

장서인이 찍힌 「옹씨가사략기」 첫 면.

도 받지 못한 채 서가에 꽂혀 있다가 내 눈에 띠어 아득히 잊혔던 옛 기억의 한 자락이 이렇게 되살아났다. 중국, 조선, 일본, 미국, 그리고 한국의 학자가 근 200년의 시간에 걸쳐 오간 흔적도 함께 복원되었다.

이렇게 책 속의 장서인과 거기에 적힌 메모의 위력은 막강하다. 첫 장에 왕희손의 기록이 없고, 다음 장에 세 사람의 장서인이 없었더라면 이 책은 옌칭도서관의 그 엄청난 소장 고서 중 한 권으로 핏기를 잃은 채 내내 묻혀 있었을 것이다. 자칫 무미건조한 낡은 책에 머물고 말았을 한 권의 고서가 거기에 찍힌 장서인과 메모를 통해 되살아났다.

나는 이 책을 한참 들여다보다가 이마니시 류와 후지쓰카 지카시의 교분이 덩달아 궁금해졌다. 기록을 보니 1932년 이마니시 류가 57세의 비교적 젊은 나이로 세상을 떴을 때, 후지쓰카는 경성제대 교정에서 열린 그의 영결식에서 추도사를 읽었다고 적혀 있었다. 나는 다시 수소문 끝에 그 글을 찾아내서 읽어보았다. 길게 살펴야 할 과제가 하나 더 늘어난 셈이었다.

책상 옆의 상자들
—메모 관리법

메모 이야기를 꺼내고 보니 몇 가지 잇달아 떠오르는 생각이 있다. 메모도 중요하지만 관리는 더 중요하다. 일껏 적어놓았는데 막상 필요할 때 꺼내 쓰지 못하면 소용없다. 메모도 조직적 관리가 필요하다. 옛사람들의 메모 관리법이 궁금하다.

옌칭도서관 선본실에서 『옹기甕記』란 책을 보았다. 제목이 흥미로워 꺼내보았다. 옹기그릇에 관한 책이 아니라 명나라 사람 오숭백吳嵩伯이 역사책을 읽다가 떠오른 생각을 적어나간 비망록이었다. 첫 장에 이런 내용이 적혀 있다.

글을 쓸 때 자리 곁에 항아리 하나를 놓아두고, 역사책을 읽다가 의심스런 것이 있으면 문득 써서 그 안에 던져두기를 또

한『독기讀記』처럼 하였다. 오래되자 베껴 써서『옹기』라 하고 질문을 기다린다.

『독기』란 책이 따로 있구나 싶어 검색하니, 과연 있다. 이 책의 앞에도 비슷한 글이 실렸다.

글을 쓸 때 자리 옆에 늘 궤 하나를 놓아두고, 책을 읽다가 의혹이 생기거나 떠오르는 생각이 있으면 붓으로 적어 그 안에 던져두곤 했다. 쌓아둔 지 오래되니 없어질까 걱정되어 베껴 써서『독기』라 하고, 질문을 기다린다.

나무 궤짝에는 경전에 관한 메모를 담고, 옹기에는 역사에 관한 메모를 담았다. 메모가 쌓이면 편차를 정한다. 같은 크기의 낱장에 한 장 한 장 써서 던져놓았으므로, 엮을 때 순서만 정해 묶으면 거의 가제본 형태의 책이 된다. 이것을 보완 손질해 차곡차곡 적는다. 하나는『독기』가 되고, 다른 하나는『옹기』란 책이 되었다. 아주 효율적이고 상쾌한 작업 과정이다. 두 책은 자매편이다. 나란히 꽂혀 있어야 할 것을 주제로 분류해 꽂는 바람에 도서관 서고에서는 이산가족이 되고 말았다. 끝에 질문을 기다린다고 한 것은 제자들과 강학할 때 참고 자료로 활용하기 위해 썼다는 뜻이다. 저자가 두 종류의 그릇을 놓아두고 글의 갈래

145

에 따라 구분해 담는 발상이 참 신선했다. 처음부터 별도의 책으로 만들 작정으로 작업을 진행했다는 얘기다.

이 비슷한 작업은 나도 그동안 참 많이 했다. 10여 년 전 중국 서점에 갔다가 일본 학자 고야마 기와무合山究 교수가 펴낸 『명청문인청언집明淸文人淸言集』이란 일종의 잠언집을 보았다. 당시 나는 사람의 일로 많이 지쳐 있을 때였다. 짤막짤막한 토막글이 주는 위로가 컸다. 마음공부도 할 겸 책 전체를 복사했다. 이면지를 절반으로 잘라, 고작해야 한두 줄, 길어야 서너 줄에 지나지 않는 원문을 한 장에 하나씩 풀로 붙였다. 100여 쪽 분량의 작은 책인데도 항목별로 붙이자 금세 수백 장의 카드가 만들어졌다.

고무줄로 한 20장씩 묶어 늘 가방에 넣고 다녔다. 크기도 작아서 전철에서 가방 위에 얹어놓고 작업하기에 맞춤했다. 틈틈이 번역을 하고 아래 여백에 내 생각을 적어나갔다. 한양대역에서 을지로입구역 정도까지 가는 시간이면 서너 장은 너끈히 할 수가 있었다. 어떤 때는 소파에 앉아 TV를 보면서도 하고, 화장실에 앉아서도 했다. 번역을 마친 것은 빼서 서랍 속에 넣고 그만큼 새 카드로 채워두었다. 한 달쯤 지나자 작업을 마친 카드가 두툼해져 어느새 100장이 넘었다. 재미가 나서 강의가 없는 오후에는 집중적으로 하루에 20~30개씩도 했다. 처음 100개까지가 아주 더뎠고, 그다음 100개는 한 열흘밖에 걸리지 않았다. 점점 고무줄 하나로 묶기가 벅찼다.

어느 날 문득 더이상 카드가 남아 있지 않음을 알았다. 하루는 저녁식사 후 작업한 전체 카드를 거실 바닥에 펼쳐놓았다. 일정한 위치에 종이를 붙였기 때문에 한쪽으로 기울어져 한 줄로는 세워놓을 수가 없었다. 죽 읽으며 연관 있는 내용끼리 묶음을 만들어나갔다. 어떤 쪽은 수북하게 쌓이고, 다른 쪽은 몇 장되지 않았다. 수북하게 쌓인 쪽은 다시 두 개, 세 개로 세분했다. 이런 작업을 두세 차례 반복하니 갈래별 균형이 맞춰졌다. 한 항목의 원문이 대부분 고작 몇 줄이어서 평설을 덧붙여도 페이지마다 여백이 너무 많은 것이 신경쓰였다. 엮어 읽기 식으로 관련 있는 카드를 묶어 한 항목에 정리하기로 했다. 내용이 훨씬 잘 간추려지고, 비슷비슷한 이야기가 반복되는 문제도 해결되었다.

다시 묶음별로 선후의 차례를 매만졌다. 읽는 데 한결 속도가 붙었다. 그제야 입력 작업에 돌입했다. 이제까지는 짬짬이 놀이와 휴식처럼 했는데, 그때부터는 작심하고 몰입해서 했다. 입력을 하면서 번역을 다듬고 평설을 고쳤다. 어떤 것은 다시 썼다. 엮어 읽기로 인해 덧보태야 할 부분도 생겼다. 입력을 시작해서 최종 원고 정리까지 걸린 시간은 처음 100장의 카드를 따박따박 해나갈 때 걸린 시간보다 훨씬 짧았다.

원래 책은 일본 학자가 명청대의 각종 청언집을 책별로 몇 항목에서 수십 항목씩 발췌한 것이었다. 내 책은 이것을 한데 섞어 주제별로 나누고, 원래 책에는 없던 평설까지 단 전혀 다른 책이었다. 대신 항목마다 원전을 밝히고, 책 뒤쪽에 저자와 책에 대한 해설을 일괄해서 붙였다. 평설은 물론 번역도 없이 원문과 주요 어휘에 대한 뜻풀이만 있던 무미건조한 책에 번역이 붙고 평설이 얹히며, 갈래를 나누고 엮어 읽기의 안배가 더해지자 전혀 다른 느낌의 책이 되었다. 솔출판사에서 1993년에『마음을 비우는 지혜―명청청언소품』이란 제목으로 출간되었는데 절판된 지 꽤 오래되었다. 담긴 내용이 알차 지금도 글을 쓸 때 자주 들춰보곤 한다.

이 책을 정리할 당시『유몽영幽夢影』이란 책에서 뽑은 카드가 유독 많았다. 갑자기 이 책의 전체 면모가 궁금해졌다. 중국 서점에 가서『유몽영』을 샀다. 1998년 대만에 교환교수로 가 있을 때 이 책이 여러 출판사에서 다른 버전으로 간행된 것을 알았다. 보이는 대로 모두 구입했다. 나중에 중국 것까지 모으고 보니 10여 종이 되었다.『유몽영』은 중국과 대만에서는『채근담』이상으로 독자의 꾸준한 사랑을 받는 책이었다.

그래서 앞서와 똑같은 방식으로 원문에 일련번호를 매겨 오려 붙인 카드를 들고 다니며 번역하고 평설을 붙였다. 원문에 일련번호를 매겨놓고, 쉬운 것은 전철에서 하고 어려운 것은 연구실에서 사전을 찾아가며 했다. 매달려서 하지 않고 자투리 시간에만 했다. 한동안 잊어버리고 작업하자 다시 어느새 한 권의 책이 되었다. 다 번역해도 분량이 얼마 되지 않았다. 청나라 때 주석수란 사람이 『유몽속영幽夢續影』이란 책을 속편으로 낸 것이 있었다. 이것도 함께 번역했다. 『내가 사랑하는 삶―유몽영·유몽속영』이란 제목을 달아 태학사의 태학산문선으로 펴냈다. 시리즈 속에 섞여 들어가는 바람에 묻히고 말았지만 애착이 많이 가는 책이다.

옛 선비의 앉은뱅이책상 곁에는 으레 항아리나 궤짝, 또는 협사篋笥라 불리는 대나무로 짠 상자가 놓여 있었다. 공부를 하다가 생각이 퍼뜩 떠오르면 곁에 쌓아둔 종이에 적어 상자에 넣어둔다. 기억해둘 만한 내용도 중요한 부분을 베껴 써둔다. 베낀 뒤에 자기 생각도 메모해둔다. 그리고 귀양을 가거나 벼슬에서 물러나 한가해지면 이 메모 뭉치가 든 상자를 꺼내서 체계를 갖춘 한 권의 책으로 묶었다.

앞서 오숭백은 항아리와 나무 궤에 메모를 구분해서 넣었다. 요즘식으로 말해 컴퓨터에 별도의 디렉토리를 만들어둔 것이다. 지금은 컴퓨터 화면에서 긁어올 수 있지만, 예전에는 일일이 손으로 베껴 썼다. 그런데 묘한 것이 긁어온 것은 내 것이 안 되는데 베껴 쓴 것은 새록새록 기억에 새겨져 온전한 내 것이 된다는 점이다. 빠른 것이 늘 좋지는 않다. 생각은 누구나 한다. 하지만 그 생각을 아무나 적지는 않는다. 적을 때 생각은 기록이 된다. 덮어놓고 적기만 할 게 아니라 계통과 체계를 가지고 적으면 그 효과가 배가 된다.

149

항아리에 담긴 감잎

밭이 넓었고, 밭두둑 가에 감나무가 심겨 있었던 듯하다. 가난한 중국 선비는 농사로 생계를 이었다. 김을 매면서도 생각이 자꾸 이어졌다. 잡초를 뽑다가 악을 제거하는 마음공부의 한 자락을 깨닫고, 거름을 주다가 선을 북돋우는 방법을 떠올렸다. 호미로 돌멩이를 뽑아 내던지다가 며칠째 맴돌던 구절이 문득 이해되었다. 메모를 해야겠는데 그곳은 밭이었고, 가난해 종이도 없다. 생각 끝에 그는 아예 밭 가운데 작은 항아리를 묻었다. 감잎을 따서 넣어두고 붓과 벼루도 함께 놓아두었다. 김을 매다 짧게 깨달음이 지나가면 항아리 근처에 다다를 때까지 생각을 다듬어 감잎에 적어 항아리 속에 넣어두었다.

항아리는 습기를 막고 건조도 막는다. 한참 뒤에 꺼내도 감잎에 쓴 글씨는 그대로 살아 있었다. 메모가 적힌 잎사귀가 꽤 모이면 그는 어렵사리 마련한 공책에다 이를 옮겨 적었다. 이것이 앙엽盎葉, 즉 항아리에 든 잎사귀에 적은 메모 이야기다. 그가 누군지 어느 때 사람인지, 그의 그 기록이 남았는지는 따로 알려진 게 없다. 그저 누가 감 잎사귀에 메모를 해서 항아리에 넣어두었다는 얘기만 전한다.

이덕무는 이 일을 본떠 그때그때 적어둔 자신의 메모를 모은 책에 『앙엽기盎葉記』란 제목을 붙였다. 이덕무는 알아주는 메모광이었다. 읽은 책도 많았고, 궁금한 것도 참 많았다. 책 속의 각 항목을 보면 다양한 책에서 꺼낸 정보들이 종횡으로 얽혀 있어, 저술의 바탕에 수많은 기초 카드의 누적이 있었음을 단번에 알 수 있다.

당나라 이교李嶠가 우무위위장군右武威衛將軍 사타충의沙吒忠義를 성국공郕國公에 봉하는 제서制書를 지어 말했다.

"삼한三韓의 옛 집안이요 구종九種의 명가니, 일찍이 군대의 깃발을 받들어 마침내 문위文衛에 참여하였네. 예전 안새雁塞에서는 말을 묶던 요망함을 능히 붙들고, 이제 낭하狼河에서는 다시금 고래처럼 날뛰던 얼도孼徒로 인해 마음 졸이던 것을 물리치니, 부지런한 공로가 두드러지고 정성된 보람을 능히 펼 만하도다. 시석矢石의 노고에 보답함이 마땅하니, 이를 써서 산

151

하의 거둠을 넓히도록 하라. 성국공에 봉할 만하니, 식읍은 3000석이다."

이는 또한 이회옥李懷玉이나 왕사례王思禮의 부류이나, 그 파계派系는 상고할 수가 없다.

『앙엽기』 권7의 「사타충의」조 전문이다. 당나라 때 사타충의를 성국공에 봉한다는 이교의 글을 읽다가, 삼한의 구족舊族이라 한 대목을 보고 그가 우리나라 사람임을 알게 되어 흥미를 느껴 메모한 것이다. 끝에 나오는 이회옥과 왕사례는 고선지 장군과 함께 모두 고구려계로 중국에 투항하여 장수로 이름을 떨친 사람들이다. 이들에 관한 내용은 『신당서』에 자세한데, 사타충의에 관한 것은 전하는 기록이 없었으므로 이것만 특기해두었다.

이 대목을 보다가 내 눈이 반짝 떠졌다. 사타씨는 사택지적비砂宅智積碑로 유명한 백제 무왕 때 대좌평을 지낸 사택지적과 같은 성씨다. 사탁沙乇, 사타沙吒, 사택砂宅 등 여러 가지로 적었다. 백제의 대성大姓 8족 중 가장 위세 있던 집안이었다. 2009년 미륵사지 서탑 기단부에서 발견된 사리봉안기에도 당시의 왕후가 사탁적덕沙乇積德의 따님이었다고 명시되어 있다. 당시 사택지적비는 땅에 묻혀 있을 때고, 사리봉안기 속의 사탁씨 왕후의 존재도 불과 몇 해 전에야 겨우 알게 된 사실이니, 당시 이덕무가 사타충의란 이름에서 그가 백제계로 백제 멸망 후 중국으로 넘어간 사타씨의 일계임을 가늠할 길은 없었을 것이다. 흑치상지를 말하지 않고 이회옥과 왕사례를 예로 든 것을 보면, 이덕무는 사타충의를 고구려계로 생각했던 것 같다.

이덕무의 위 메모는 책을 읽다가 꽤 재미나는 자료를 보았는데 자세한 정보를 더 찾을 수 없어 답답하다는 정도의 내용이다. 이 단편에서 '사타충의는 어떤 연유로 일본이 아닌 중국으로 건너갔을까? 그의 선대와 후대는 확인되는 이름이 있을까? 의자왕과 왕자들이 당으로 끌려갈 때 그도 함께 붙잡혀간 걸까? 임존성에서 백제 부흥운동을 펼치다 항복해 당으로 건너간 흑치상지 장군과는 어떤 관련이 있을까?'와 같은 질문으로 넘어가면, 이덕무가 무심코 호기심에 적어둔 이 메모는 이제 백제 멸망 당시의 여러 복잡했던 상황에 대한 궁금증에 접속하는 단초가 된다.

이덕무의 『앙엽기』는 주로 역사에 관한 내용이 많다. 하지만 화가가 사용하는 그림물감의 각종 빛깔을 어떻게 만들어내는지에 대해 적은 기록도 보인다. 『철경록輟耕錄』이란 책을 읽다가 여러 빛깔의 물감 제조 방법에 관한 내용에 흥미를 느껴 메모 한 장을 만들어두었다. 그 뒤에 『개자원화보芥子園畫譜』에서 비슷하지만 설명이 훨씬 구체적인 대목을 하나 더 찾았다. 그래서 이 두 메모를 합쳐서 한 항목으로 정리한 것이다. 두 자료가 한데 묶이고 보니, 동양화의 물감 제조법이 일목요연하게 정리되었다. 아주 요긴하고 귀한 자료다. 이 책 속에는 서책에 관한 항목도 적

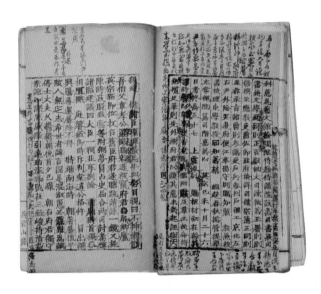
단국대학교 연민문고 소장 연암산고 2책의 연암 친필 메모.

지 않다. 이덕무의 폭넓은 독서편력과 꼼꼼한 메모벽이 빚어낸
귀한 책이다.

박지원의 『열하일기』에도 「앙엽기」가 있다. 서문에서 박지원
은 이렇게 썼다. 중국에서 견문한 것을 그때그때 열심히 메모한
다고는 했지만 본 것은 워낙 많고, 시간이 너무 촉박타보니 화려
한 궁궐을 봐도 달리는 말을 문틈으로 보거나, 여울물을 내닫는
배와 같아 뭐 하나 제대로 본 것이 없었다. 눈과 귀가 피곤해서
붓과 종이를 펼칠 여력도 없었다. 그나마 적은 것도 꿈에 본 부
적이나 동해 바닷가의 신기루 같아 거꾸로 기억하거나 잘못 안
것투성이였다. 그 바쁜 와중에 나비 날개만한 종이쪽에 파리 대

154

가리만한 글자로 정신없이 베끼고 메모한 내용을 그저 버리기 아까워 이것만 따로 추려 「앙엽기」로 묶는다고 썼다. 이덕무의 『앙엽기』를 보고 이 방식을 따라 한 것이다. 박지원은 이덕무의 좋은 것을 슬쩍슬쩍 베끼거나 벤치마킹해서 완전히 자기 것으로 만드는 데 선수였다.

두 사람 모두 둘째가라면 서러울 메모의 귀재였다. 천재는 없다. 다만 부지런한 기록자가 있을 뿐이다. 요즘도 같다. 처음에는 덮어놓고 적다가 차츰 분명한 방향과 목적을 가지고 적어나가면 된다. 적기만 하면 안 되고 중간중간 갈무리해서 하나의 체계 속에 정리해두는 것이 더 중요하다.

말 잔등 위의 메모

　　　　　　　　　　　『열하일기』「도강록」에 연암이 압록강
을 건너기 직전 곧 있을 짐 검사를 염두에 두고 자신의 행장에
든 물품 목록을 설명하는 대목이 나온다. 그는 당시 말안장 위에
양쪽으로 늘어지는 쌍주머니를 걸쳐 왼쪽에는 벼루를 넣고, 오
른쪽에는 거울과 붓 두 자루, 먹 한 개, 작은 크기의 공책 네 권,
그리고 노정을 적은 이정록里程錄 한 축을 넣었다. 물론 여벌의 의
복이나 다른 필요한 물품은 별도의 짐 보따리에 따로 간수해두
었다. 지필묵연紙筆墨硯을 챙긴 것은 당연하고, 이정록 또한 먼길
에서 날마다의 일정을 예상하고 확인하려면 없어서는 안 되는
물품이었다.

　거울은 조금 뜻밖이다. 거울을 왜 넣었을까? 그는 뜻밖에 외
모에 신경을 쓰는 사람이었을까? 한 달 넘게 일찍 일어나 새벽

밥을 먹고 종일 말을 타고 가다가 6월 땡볕을 피해 그늘에서 잠깐 쉬면 그제야 불을 피워 밥을 짓고 점심을 해먹는다. 운이 나빠 장맛비에 발이 묶이면 속수무책으로 며칠씩 일정이 늦어졌다. 노숙도 자주 했다. 화급한 여정으로 인해 예정된 숙소를 그냥 지나치기까지 했다. 병자가 속출하고 연신 낙오자가 발생하는 열악한 상황이었다. 말도 강행군에 피를 토하며 한두 마리씩 쓰러졌다.

아무리 휴대용 벼루라고는 해도 조금 무거울 테니 반대쪽과 무게의 균형을 맞추려 했던 것도 아닐 테고, 오른쪽 주머니에 든 거울의 정체가 궁금하기는 했다. 상투를 튼 머리가 그 염천에 먼지를 뒤집어쓴 채 땀범벅이 되면 얼마나 지독한 악취를 풍겼을까? 그 생각을 하면 코를 막고 싶어진다. 지금처럼 숙소마다 목욕 시설이 갖춰진 것도 아니고 비누나 샴푸도 없다. 그나마 한 번씩 몸을 씻고 머리라도 감지 않는다면 스스로도 견딜 수 없는 몰골이었겠다 싶다. 세면 후 날마다 어김없이 해야 할 일은 머리 빗기다. 머리를 빗어 상투를 쪼고 이마에 건을 얹어야 비로소 하루 일과가 시작된다. 암만 바빠도 이 일은 거를 수가 없다. 이때 꼭 필요한 것이 거울이다. 건이 삐딱하게 얹히면 그것만으로 우스운 꼴인데다 매일 자라는 수염을 정리할 필요도 있으니 거울은 각별히 외모에 관심이 없대도 행장 속에 빠질 수 없는 물품이었다.

그래도 가장 연암답다는 느낌을 주는 물건은 빈 공책 네 권이다. 물론 행장 속에 훨씬 더 많은 공책을 챙겨왔을 것이다. 네 권의 공책은 각각 소용이 달랐을 것이 분명하다. 하나는 그날그날의 노정에 대한 메모였을 것이 틀림없다. 그때그때 듣고 본 것들의 비망록도 하나쯤 따로 마련해두지 않으면 안 되었을 것이다. 일기장은 따로 써야 덜 헷갈린다. 갈래 없이 이것저것 섞으면 주객이 엉켜서 맥락을 놓치기 쉽다. 나머지 한 권은 예비용이거나 갑작스런 필담에 대비한 것이 아니었나 싶다.

이런 공책은 언제 썼을까? 말안장에 걸친 주머니에 넣어두었으니 하루 일정을 마치고 여관방에서 쓰기 위한 것이 아니라, 길 가는 도중에 필요할 때면 언제든지 자유롭게 메모할 수 있도록 마련해둔 것이었다. 나무 그늘에 잠깐 앉아 쉴 때거나, 술집에 불쑥 들러 독한 고량주를 막걸리 마시듯 큰 사발에 따라 '원샷'으로 처리해 좀팽이 중국인들을 대경실색하게 할 때도 공책과 필묵은 자리 옆에 얌전히 놓여 있었을 것 같다.

길 가다 들른 집의 기둥에 적힌 글씨나 건물의 여러 현판에 적힌 글, 스쳐 만난 사람의 이름 같은 것은 현장에서 그때그때 바로 적지 않고는 결코 기억에 남을 수 있는 내용이 아니다. 말에서 내려 관광을 하다가 잠깐씩 먹을 갈아 눈앞의 광경을 공책 위에 포획했다. 『열하일기』를 읽다보면 말 잔등 위에서 까딱까딱 흔들리며 가다가 갑자기 말을 세우고 휴대용 벼루를 꺼내 먹을 급히 갈아 외무릎을 세우고 앉아 메모하는 연암의 모습이 떠오르곤 한다. 『열하일기』의 핍진성과 현장감은 이러한 수많은 즉석 메모 덕분에 가능했다.

열하를 향해 갈 때 이야기다. 한밤중 고북구古北口 장성의 관문을 지나가게 되었다. 지대는 높고 날은 벌써 어두워졌다. 며칠째 밤길을 도와 강행군중이었다. 예전 살벌했던 전쟁터를 지나는 감회가 남달랐던 듯하다. 그는 음산한 풍경으로 머리칼이 쭈뼛 서는 섬찟함 속에서 돌연 기흥奇興이 발발하게 솟구침을 느꼈다. 그 호쾌한 기분을 장성 벽돌 위에 글씨로 남기려 했는데, 그 암흑 속 어디서 먹 갈 물을 구하겠는가? 이때 낮에 마시다 남겨둔 술병이 안장에 매달린 채 달랑달랑 흔들리는 것이 보였다. 그는 대뜸 그 술을 벼루에 따라 먹을 갈고는 고북구 장성 벽돌을 어둠 속에서 더듬어 그 위에다 글씨를 썼다.

옥전현玉田縣에서는 남의 가게에 들렀다가 벽에 걸린 족자에 적힌 기이한 문장을 보고는 동행했던 정진사와 함께 절반씩 나눠 통째로 베껴오기도 했다. 이때 베껴온 글을 앞뒤 손보아 정리한 작품이 저 유명한 「호질虎叱」이다. 평소 연암의 메모 습관이 아니었다면 이 작품은 지금 우리 앞에 없었을 것이다. 보이면 적고 떠오르면 쓰고 잊기 전에 옮겼다. 쓸 만한 정보다 싶으면 남의 집에서 책을 잠깐 빌려 보다가도 급히 옮겨 적었다.

연암이 열하에서 북경으로 돌아와 역관들과 환영의 술자리를 가졌다. 함께 자리한 사람들이 아까부터 연암의 오른쪽에 놓인 불룩한 보퉁이를 자꾸 힐끔거렸다. 그 속에 뭔가 굉장한 것이 들었으리라 궁금해하는 눈치였다. 연암이 보따리를 풀어 보여주었다. 그 속에서 나온 것은 붓과 벼루, 어지럽게 갈겨쓴 각종 메모와 필담 초고 뭉텅이, 그리고 일기장뿐이었다. 그제야 속았다는 표정으로 사람들이 말했다. "어쩐지. 갈 때는 보따리가 없었는데 돌아올 때 너무 커졌다 싶더니. 쩝쩝."

연암은 종이가 넉넉지 않아서 글씨는 가능한 한 가장 작게 썼다. 연암 자신의 표현에 따르면 '승두문자蠅頭文字'라는 것이다. 승두는 파리 대가리다. 가뜩이나 작은 공책이니 최대한 글씨 크기를 줄여야 종이도 아끼고 정보도 많이 채워 적을 수가 있었다. 크게 쓰면 기분이야 좋겠지만 돌아올 때 짐의 부피가 걷잡을 수 없이 커진다.

공책의 크기는 어느 정도였을까? 손바닥에 펼쳐놓고 적을 수 있는 크기, 도보로 이동할 때는 소매 속에 넣고 다닐 수 있는 크기였을 것이다. 앞의 글에서 연암이 말한 나비 날개만한 종이가 그것이다. 연암은 이 작은 공책을 출발 전에 적어도 100권 넘게 만들어 행장 속에 넣었지 싶다. 연암은 여행 일정 내내 이 안에 빼곡히 담길 기록에 대한 기대로 무척 설레었을 것 같다.

냇물에 씻겨 사라진 아까운 책

희미한 흑백사진으로 남은 〈연암산방도燕巖山房圖〉가 있다. 후손 박영은朴泳殷 선생 소장이라는데 원본 그림의 소재를 알지 못해 늘 아쉬웠다. 연암산방은 지금의 개성공단 근처 화장산華藏山 자락에 자리잡은 곳이었다. 연암의 아들 박종채는 아버지에 대한 기억을 메모로 집적해 완성한『과정록過庭錄』에서 이곳을 이렇게 묘사했다.

멧부리는 평탄하고 기슭은 예뻤다. 바위는 희고 모래는 환했다. 푸른 절벽이 깎아 서서 마치 그림 병풍을 펼친 듯했다. 냇물은 몹시 맑은데 너른 바위가 평평하게 깔려 있었다. 가운데 부분에 평평하니 잡초가 무성한 넓은 땅이 있어서 집을 지을 만했다.

이 집에서 연암은 저 유명한 「일야구도하기一夜九渡河記」 앞부분에 나오는 시냇물 소리를 감별하며 『열하일기』를 썼다. 저 〈연암산방도〉를 서재에 모셔놓고 그 기운을 받고 싶어서 두어 달 전 불쑥 지리산 오늘화실의 이호신 화백께 흑백사진을 보내 이 장면대로 연암산방을 그려주십사 부탁을 드렸다.

한 달 뒤 면모를 일신한 근사한 〈연암산방도〉가 도착했다. 바로 표구해서 연구실 책상맡에 걸었다. 칙칙한 흑백사진으로만 보던 초록의 화사한 풍경이 처음엔 낯설더니 볼수록 정이 간다. 마당 안쪽의 초당에는 서안을 앞에 두고 글을 쓰는 선생의 모습이 담겼다. 원래 사진에는 없던 대문 앞의 개울이 위쪽 폭포와 호응을 이뤄 한결 시원한 운치가 있다. 화가의 붓끝이 참으로 대단하다는 생각을 했다. 날마다 저 그림을 올려다보며 연암을 생각하고 그의 시대를 생각하고 그의 생각을 생각하리라 다짐했다. 이화백은 그림에 대한 사례를 한사코 거절하고, 표구를 맡긴 낙원표구사는 그간 받은 책값이라며 도무지 표구비를 받으려 들지 않아 본의 아니게 면목이 없게 되었다. 연암에 대한 책으로 보답하는 수밖에 없지 싶다.

한편 〈연암산방도〉를 올려다볼 때마다 마음 한편에 서운하게 떠오르는 책 한 권이 있다. 이 책은 지금 그림 속의 연암 선생이 메모하고 있는 초고와도 관련이 있다. 연암은 연암협에 은거할 당시에도 끊임없이 메모하고 또 적었다. 역시 『과정록』 속에 언

이호신 화백이 낡은 사진에 따라 새롭게 그린 〈연암산방도〉.

급이 있다.

　선군께서 연암협에 계실 때는 혹 종일 마루를 내려오지 않으
셨다. 혹 어떤 사물과 만나면 주목하여 골똘히 보며 말없이 한
참 계시곤 했다. 한번은 이렇게 말씀하셨다. "비록 풀이나 꽃,
새나 벌레같이 지극히 하찮은 물건조차 모두 지극한 경계가 있
어 조물주의 자연스런 묘리를 볼 수가 있다." 매번 냇가 바위
에 앉아 가만히 읊조리거나 느릿느릿 걸으시다가 문득 멍하니
잊어버린 것처럼 계시곤 하였다. 이따금 묘한 깨달음이 이르면
반드시 붓을 당겨 메모하셨다. 아주 작은 글씨로 쓴 조각 종이
가 상자에 차고 넘쳤다. 마침내 계당溪堂에 보관케 하시며 말씀
하셨다. "훗날 다시 살피고 점검해서 조리가 일관된 뒤에 책으
로 만들어야겠다." 하지만 나중에 벼슬을 버리고 연암협에 들
어오신 뒤 꺼내서 살펴보니 이때는 눈이 이미 너무 나빠져 작
은 글씨를 도저히 읽을 수가 없었다. 이에 서글피 탄식하며 말
씀하셨다. "아깝다. 벼슬살이 10여 년에 한 부의 훌륭한 책을
잃고 말았구나." 또 말씀하셨다. "마침내 쓸모없게 되었으니 한
갓 사람의 뜻만 어지럽게 한다." 마침내 냇가에 가서 세초洗草해
버리라 하셨다. 아! 자식들이 당시에 곁에서 모시고 있질 않아
서 마침내 점검하여 수습해두지 못하였다.

나는 두고두고 이때 버리고 만 메모지 묶음이 아깝고 아쉽다. 연암은 시력의 저하로 더이상 읽을 수 없게 된 종이쪽을 볼 때마다 속이 상했던지 그냥 세초해버리게 했지만 그것이 남았더라면 또 그만큼의 멋진 생각들이 종이 위에서 파닥파닥 되살아났을 것이 아닌가?

그나마 다행인 것은 오랫동안 연암 후손가에 보관되어오던 연암의 초고와 필사본 묶음들이 '단국대학교 연민문고소장 연암 박지원작품필사본 총서' 20책으로 지난 2012년 문예원에서 영인되었다는 점이다. 여기에 실린 연암 친필의 필사는 시기별로 수정의 흔적을 그대로 담고 있어 연암 글쓰기의 비밀을 푸는 중요한 열쇠가 된다. 개중에는 문집에 빠지고 없는 초고와 각종 비망기, 메모도 적지 않게 포함되어 있다.

『연암초고』 보유 9의 말미에 「잡록습유雜錄拾遺」란 항목이 있다. 앞서 글자가 작아 폐기했던 그런 메모 중에 운 좋게 살아남은 내용이다. 짧은 한 단락만 읽어본다.

지금 사람은 사치와 검소에 대해 잘 모른다. 넉넉한데도 낭비하지 않는 것을 일러 검소라 하고, 화려하나 계속 그렇게 할 수는 없는 것을 두고 사치라 한다. 지금은 그렇지가 않다. 검소하고자 하는 자가 일 처리를 대충대충 건성으로 한다.

연암은 검소와 사치의 개념을 사람들이 오해하면서 문제가 시작되었다고 보았다. 검소하다 함은 없는 것이 아니라 있지만 마구 쓰지 않는 것을 말하고, 사치는 보기에 그럴듯해도 계속 그렇게 하다가는 거덜이 나는 것을 말한다고 개념 정의를 새로 했다. 검소하려면 어찌해야 하는가? 매사 꼼꼼히 점검하고 챙기고 살펴야 한다. 대충 그럭저럭 건성건성 일 처리를 해서는 결코 검소의 미덕을 실천할 수가 없다. 문득 떠오른 단상을 조각 종이에 옮겨두었다가 문집 필사의 뒷부분에 그냥 버리기 아까워서 문료文料, 즉 글감으로 남겨둔 것이다.

개중에는 연암의 깔끔한 성정을 보여주는 메모도 들어 있다. 역시 필사본 『유상곡수정집流觴曲水亭集』 곤권에 실린 「대용록貸用錄」이 그것이다. 자신이 갚아야 할 가계 빚의 내역을 자세하게 적어두었다.

조약국趙藥局의 약값 빚이 도합 4냥 8전.

진사進士 양효직梁孝直의 놋그릇 값과 심부름꾼 배송비가 도합 26냥 2전.

　　* 이중 연천漣川에 부조한 요강 값과 효직에게 부조한 대야 값을 제하면 8냥 7전이니 이를 빼고 나면 실제로 갚아야 할 돈은 17냥 5전. 다시 15냥을 꾸었다.

성지成之 59냥. * 50냥은 먼저 갚고 9냥만 남았다.

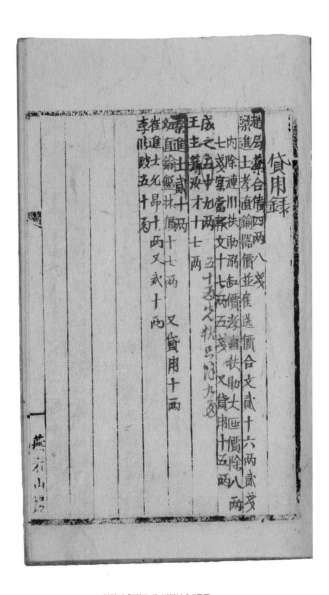

貸用錄

趙局蔘合傳四兩八戔

溧進士李直鍮器價並催送價合文貳十六兩貳戔八戔 價除八兩 又貸用十兩 價除五兩

王成主之簾妆才九兩七兩 七戔 除運川富幹助兩 文三十七兩

又貸用十兩

成之簾妆才九兩七兩

幼學崔進士鍮器林價十七兩 又貸用十兩

李佐進政五元十兩 又貳十兩

崔孝寅秋助士匹

内戔除運川富幹助兩文三十七兩五戔秋助九戔

연암이 친필로 쓴 빚장부 「대용록」.

주부主簿 왕여재王汝才 17냥.

진진사秦進士 20냥.

유직幼直 놋쇠 반상盤床 값 17냥. 다시 10냥을 꾸었다.

진사進士 최윤앙崔允昻 10냥. 또 20냥.

이임피李臨陂 50냥.

　　가계 빚의 내역을 이렇게 적어놓고 그때그때 더 빌리거나 갚은 내역은 다시 추가해나갔다. 이 기록 상태에서 연암의 가계 빚은 총액이 190냥 3전이었다. 당시 유만주의 일기 속에 매조미 쌀 한 섬이 7냥이라 했으니 연암의 부채 총액 1903전은 대략 쌀 54가마 값에 해당하고, 오늘날 한 가마에 13만원 정도로 치면 700만원이 조금 넘는 규모의 부채였다. 서로 조금씩 다른 필체가 섞인 것은 변동 사항이 생길 때마다 덧붙여 적었기 때문이다.

　　천하의 연암이 요강 값과 대야 값을 따지는 모습이 조금 낯선데 남에게 절대로 폐를 끼치지 않겠다는 다짐과 결기 같은 것이 그 단정한 필체를 통해 전해진다. 『과정록』에 보면 친한 벗 송경 유수 유언호兪彦鎬가 칙수전勅需錢 1000민緡을 내주면서 몇 년간 생활의 방편으로 삼게 한 일이 적혀 있다. 칙수전은 사신 접대를 위한 예비비로 비축하여 민간에 빚을 놓은 돈이었다. 유언호가 개성을 떠난 뒤 개성의 제자들이 연암 몰래 그 돈을 나눠서 갚았다. 연암이 서울로 돌아가게 되자 제자들은 스승의 걱정을 덜어

주려고 그 일을 비로소 얘기했다. 연암은 말없이 듣고만 있다가 뒤에 안의 현감에 부임하자마자 첫해 봉급을 떼어 그 돈을 모두 갚았다. 돈 문제에 깔끔한 그의 성정이 엿보이는 일화다.

「대용록」 뒷면에는 역시 작은 조각 종이쪽에서 옮겨 갈무리해 두었을 메모가 정리되어 있다. 몇 가지만 옮겨본다.

곤양군昆陽郡 금양면 중대리에 사는 생원 이필준李泌俊은 칭호를 백전택柏田宅이라 하는데 동유자桐油子 나무가 있다. 씨는 황토에 마麻 지게미를 섞어 10월 또는 2월에 해를 향해 심는다.

양관梁灌은 의주 부윤이다. 임기가 차서 돌아올 때 그의 행장 속에는 두보시杜甫詩 1권과 야학野鶴 한 쌍뿐이었다. 어사가 계를 올리자 성종 임금께서 화공에게 명하여 대궐 벽에 이 모습을 그리게 하였다.

영남 방언에 닭의 새끼를 빈가리貧家利라 하고 모심기[秧苗]를 밟아 심기[踏秧]라 한다.

무슨 생각으로 적어두었는지는 맥락이 없어 알 수가 없다. 앞뒤 없이 단지 이것뿐이다. 첫번째는 곤양군, 즉 남해 사람 이필준의 집에 있었다는 보기 드문 동유자 나무에 대한 메모다. 특별해 보이는 씨 뿌리는 법을 설명했다. 두번째는 의주 부윤 양관의 청렴한 행적이다. 임기를 마치고 돌아올 때 시집 한 권과 학 한 쌍만 들고 올라온 일을 인상 깊게 적었다. 세번째는 경상도 사투리 두 어휘를 적었다. 병아리를 빈가리라 하고 모심기를 밟아 심기라 한다는 얘기다.

오늘날도 경상도에서는 병아리를 빙아리라 한다. 빈가리는 뜻으로 보면 가난한 집에 양계가 큰 보탬이 된다는 의미다. 그래서 연암의 흥미를 끌었던 모양이다. 답앙踏秧은 검색 엔진을 돌려보니 과연 연암이 지은 농서農書『과농소초課農小抄』의「파곡播穀」조에 설명이 나온다. 모판을 두어 싹 내린 뒤에 그 싹을 한 번 더 옮겨 심는 이앙법은 당시 새로 보급되기 시작한 농법이었다. 무논에 들어가 논바닥을 뒤꿈치로 빙글 돌려 짓이겨 다진 뒤에 모심기를 하는데 답앙이란 표현이 이 방법을 설명하기에 효과적이라고 생각했던 듯하다. 양관의 일화도 찾아보니『연려실기술燃藜室記述』에 있다. 연암은 안의 현감 직을 내놓고 떠날 때 자신도 꼭 그와 같이 하겠다는 다짐을 되새기려고 이 메모를 따로 적어두었던 듯하다.

메모는 꼭 써먹으려고 하는 것은 아니다. 뭔가 새롭고 신기한 이야기, 기억해두고 싶은 사연, 언뜻 스쳐 들어 잊어버리기 딱 좋은 상식 또는 정보 등도 느낌이 오면 옮겨 적었다. 연암협 시냇물에 세초해버린 그 많은 메모 뭉치 속에도 언젠가 혹 글감으로 활용할까 싶어 적어둔 많은 생각과 정보 들이 들어 있었을 것이다. 하지만 단순한 정보 말고 자연에서 얻은 깨달음과 주변 사물이 건네고 간 수많은 통찰 같은 것이 함께 사라진 것은 참 아쉽다. 생각은 그때그때 적어두지 않으면 증발해버리듯 감쪽같이 사라진다. 연암이 아까워했던 그 한 부의 책이 자꾸 궁금해진다.

다산의 책 속 메모

영남대학교 동빈문고_{東濱文庫}에 청대 학자 서건학_{徐乾學}의 『독례통고_{讀禮通考}』란 책이 소장되어 있다. 다산 정약용의 수택본_{手澤本}인 이 책은 온통 그의 메모로 가득하다. 책 자체는 귀하기는 해도 희귀하달 것까지는 없는데, 오직 다산의 메모가 빼곡하다는 이유로 보물 대접을 받는다. 이 글에서는 이 책에 수록된 다산의 메모에 대해 소개해볼까 한다.

『독례통고』는 예학에 관한 책이다. 관혼상제의 각종 예법과 절차에 대한 역대의 여러 학설을 집대성하고 자신의 생각을 펼쳤다. 워낙 방대한 자료를 망라한지라 예학을 중시하던 조선조 선비들이 이 책을 보고는 그만 기가 팍 질렸을 정도다. 다산도 이 책을 늘 곁에 두고 열심히 메모해가며 읽었다. 이 메모를 찬찬히 살피면 다산이 옛 책을 읽으면서 자신의 학설을 가다듬어

가는 과정까지 볼 수 있다. 다산 학술의 한 비밀을 들여다보는 즐거움을 맛보게 된다.

다산은 메모를 할 때마다 그저 내용만 적은 것이 아니라 메모한 날짜까지 적어두었다. 어떤 날은 '우중雨中'이라고 날씨를 적었고, 때로는 '병중病中'이라고 그날의 건강 상태까지 메모해두었다. 여러 번 보이는 '강진적중康津謫中'은 강진의 유배지에서 썼다는 의미다. '억무아憶武兒'라고 조카 학무學武를 생각하며 적었다는 대목도 있다. 이런 메모 앞에서는 황량한 유배지에서 아픈 중에도 붓을 들고 책의 여백에 자신의 생각을 옮겨 적는 다산의 모습이 떠올라 뭉클해진다. 더구나 깨알같이 쓴 다산의 메모는 필체마저 빼어나 그 자체로 예술품에 가깝다.

나는 책 전체에서 다산의 메모가 남은 면만 복사하여 그 메모만 따로 오려 카드에 붙였다. 그러고는 카드를 날짜별로 정리해보았다. 1802년 5월 22일 메모가 가장 앞선 것이고, 가장 늦은 것은 1810년 8월 23일의 메모였다. 근 8년 넘게 지속된 메모가 한 질의 책 속에 들어 있었다. 개중에는 1808년 12월 3일, 둘째 아들 정학유가 강진에 와서 머물 때 직접 쓴 메모도 하나 남아 있어, 부자가 함께 연찬研鑽하던 흔적까지 가늠해볼 수 있다.

이 가운데 1802년과 1804년 9월에 쓴 메모가 특별히 많다. 다산이 예학의 정리에 집중하던 시기와 일치한다. 이 내용이 다시 그의 예학 관련 저술에 반영되는 양상을 구체적으로 살핀다

173

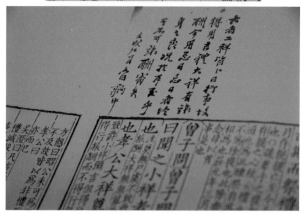

병중과 강진 적중에 썼다는 표시가 보이는 다산의 친필 메모.

면, 책을 읽다가 떠오른 간단한 메모가 학술적 사유로 발전해가는 과정까지 뚜렷하게 드러날 것이다. 하지만 예학에 관한 논의는 워낙 복잡하고 전문적인 내용을 담고 있어서 논급할 엄두가 나지 않는다. 이에 대해서는 전공자가 따로 있으니 그편에 미뤄두는 것이 낫겠지 싶다. 그래도 이 책 속의 메모를 보면서 다산이 자신의 생각을 키워나간 자취만큼은 또렷이 확인할 수 있었다. 말하자면 내게 이 메모는 다산 학술의 방법론에 접근해가는 비밀문서 같은 것이었다.

이 가운데 권49에 실린, 1802년 9월 5일에 쓴 글은 책 전체에서 가장 빼곡한 분량의 메모가 적혀 있다. 내용이 너무 전문적인데다 아래쪽 본문에 실린 여러 학자들의 상이한 견해를 견주어 논의한 것이어서, 번역을 다 해놓고도 도무지 무슨 말인지 알 수가 없었다. 대강의 흐름만 소개해보겠다.

이 메모들은 담제禪祭, 즉 상주가 상복을 벗는 시점에 관한 논의를 담고 있다. 특별히 아래 본문에 인용된 『잡기雜記』의 언급으로 빚어진 역대의 논란을 살폈다. 어머니와 아버지의 복服은 같은 것이 당연하나, 아버지에게서 소박맞은 어머니의 복은 입어야 하는가? 입어야 한다면 기일이 달라야 하는가? 또 어머니와 처의 복은 어떤 차이가 있는가? 이런 문제에 관한 윤리적 근거를 찾는 복잡하고도 미묘한 논쟁이었다.

다산은 서두에서 논쟁의 쟁점 사항을 먼저 정리했다. 이어 중

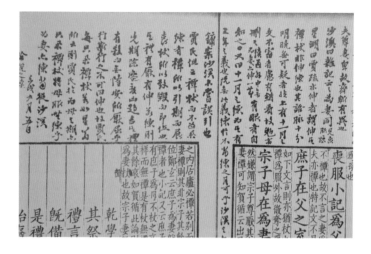

1804년 9월 5일 메모.

간 여섯째 줄에 '사계왈沙溪曰'로 시작되는 부분은 이 대목에 대한 사계 김장생의 주장을 짧게 인용하고, 그다음 줄에는 '성호왈星湖曰'이라 하여, 같은 남인이요 자신의 스승뻘인 성호 이익의 주장 두 단락을 인용했다. 성호는 다양한 근거를 끌어와 '안목 있는 자는 절로 알리라有眼者自知之'라고까지 하며 자신감 넘치는 어조로 사계의 주장이 오류임을 피력하고, 끝에 가서 '사계의 글은 분명히 잘못 인용되었다沙溪之書, 分明誤引'고 단언했다.

그 옆면에는 이 두 사람의 상이한 관점에 대한 다산의 견해가 피력된다. 반대 면의 '용안鏞案'부터가 정약용의 안설案說이다. 다산은 첫 줄부터 '사계는 일찍이 잘못 인용한 적이 없다沙溪未嘗誤引也'라는 도발적인 표현으로 성호 이익의 단언이 오히려 잘못된

176

것이라고 주장했다. 이어 성호의 논거를 똑같은 전거에 대한 상이한 해석을 통해 하나하나 논박한 후, 끝에서 '당종사계當從沙溪', 즉 '사계 김장생의 주장을 따르는 것이 맞다'고 설파했다.

이러한 논증의 과정은 한 편의 소논문을 읽는 느낌마저 준다. 즉, 첫 단락은 개황 설명과 쟁점 도출, 두번째 단락은 사계와 성호의 논거 제시와 성호의 비판, 세번째 단락은 성호의 비판에 대한 다산의 재비판으로 이루어졌다. 학맥으로 보더라도 성호의 주장에 대해 이처럼 정면으로 논박한 것은 뜻밖이다. 성호의 자신감 넘치는 주장에 대해 그보다 더 단정적인 언사로 틀렸다고 말하는 대목이 특별히 깊은 인상을 남긴다.

그 옆에는 앞쪽 9월 5일로부터 약 반년 전인 4월 그믐에 쓴 다른 필체의 메모가 남아 있다. 이 글은 짧고 간단해서 다 적어 본다.

서씨 주장의 패역스러움徐說之悖.

어머니의 복服으로 처에게 보답한다는 것은 단성식段成式의 괴상한 얘기다. 서씨는 '진실되도다 이 말이여!'라고 했다. 오호라! 삼강이 있은 이래로 이런 논의는 없었다. 임술년 4월 그믐.

이 책『독례통고』의 저자인 서건학이 단성식의 주장에 동조하여 훌륭한 말이라고 칭찬한 대목을 보고, 말도 안 되는 주장을 편드니 이럴 수는 없다고 흥분한 내용이다. 책을 읽어도 덮어놓고 저자의 주장에 동조하는 것이 아니라 날카로운 비평안을 지속적으로 작동시켜 자신의 생각으로 견인해가는 태도가 인상 깊다.

이 밖에 여러 곳의 메모에 보이는 '불성리不成理', 즉 '말도 안 된다'는 비판이나, '불역류호不亦謬乎', 곧 '또한 오류가 아닌가?', '부당인不當引', 즉 '마땅히 인용해서는 안 된다', '당산當刪', 즉 '마땅히 산삭해야 한다'는 등의 날카로운 언급들을 보면 학문의 길에는 옳고 그름만 있을 뿐 내 편 네 편은 없는 법이라고 큰 소리로 외치는 것만 같다.

또 한 가지 흥미로운 자료로 『만일암실적挽日菴實蹟』이란 다산 친필첩이 남아 있다. 해남 대둔사의 시원 사찰이 되는 만일암의 역사를 정리한 내용이다. 다산과 가깝게 지낸 은봉隱峯 두운斗云 스님의 요청으로 대둔사에 전해오는 옛 기록을 검토해서 다산이 정리했다. 다산은 역시 은봉 스님의 청을 받아 이 글을 친필로 직접 써주었다. 이 가운데 다음과 같은 내용이 있다.

두운의 안설: 암자에는 7층 석탑이 뜰 가운데 서 있다. 옛 기록에는 아육왕阿育王이 세운 것으로 되어 있다. 하지만 백제에는 아육왕이 없으니 분명 아신왕阿莘王의 오기일 것이다. 아신왕은 또 구이신왕久爾辛王 앞에 있다. 어떤 이는 먼저 부도를 세우고 그다음에 가람을 세웠다고 하는데 알 수가 없다.

『만일암실적』의 끝에는 '사문두운지沙門斗云識'라 하여 글의 지은 이가 승려 두운으로 되어 있다. 하지만 실제 이 글을 짓고 쓴 이는 다산 자신이었다. 1809년에 이 글을 쓸 당시 다산은 해배의 기대에 한껏 부풀어 있었기 때문에 공연히 불가의 문자를 지어 구설에 말려들고 싶지 않아 이렇게 적었던 것이다.

그런데 그다음 면에는 그로부터 3년 뒤엔 1812년 추분 다음 날 추가한 다산의 메모가 첨가되어 있다. 내용은 이렇다.

아육왕이란 사람은 서토西土, 즉 인도의 탑을 세운 임금인데 옛 기록에서 잘못 인용하였다. 내가 불서에 밝지 못해 예전에 은봉을 위해 옛일을 고증하면서 의심하기를 백제의 아신왕의 잘못이라 했으니 부끄러워할 만하다.

가경 17년(1812) 추분 다음 날 내가 만일암에 들렀다.

아육왕이란 인도의 아소카 왕이다. 일연의 『삼국유사』만 읽었더라도 쉬 알 수 있는 기본 상식이다. 하지만 이전에 불서를 접한 적이 없던 다산은 아육왕을 백제 왕의 이름으로 착각했다. 자신 있게 아신왕의 오자라고 바로잡았는데, 뒤늦게 아육왕이 아소카 왕임을 알게 되었던 모양이다. 그래서 앞서 써준 글의 오류를 바로잡기 위해 일부러 만일암을 들른 길에 필첩의 마지막 한 면에다 자신의 앞선 잘못을 정정하는 메모를 덧붙인 것이다.

글 속에서 다산은 이 글이 은봉을 위해 대신 지어준 것이고, 자신의 무지한 오류가 부끄럽다고 적었다. 이 글로 인해 은봉 두 운이 지은 것처럼 쓴 앞의 글이 사실은 다산 자신의 것이었음을 만천하에 공표한 셈이 되었다. 이때는 다산이 해배의 희망을 완전히 접은 상태여서 이렇게 말해버려야 속이 후련했을 것이다.

다산의 위대한 학문 뒤에는 이렇듯 체질화된 메모의 습관이 있었다. 메모로 남의 오류를 지적하고, 메모로 자신의 잘못을 바로잡았다. 다산이 다산인 까닭은 메모를 통한 생각 관리의 탁월성에 있다고 나는 믿는다. 생각 관리가 안 되면 학문은 물 건너간 일이 된다. 불과 며칠 전에 자신이 쓴 메모를 보면서도 내가 쓴 것이 맞나 하는 것이 우리의 기억력이다. 메모로 남겨두지 않으면 아예 안 본 것과 같다. 밥 먹듯 메모하고 숨쉬듯 기록해야 마땅하다.

다산 필첩 퍼즐 맞추기

지난 10년간 다산 선생의 글씨가 있다는 말만 들으면 천리를 멀다 않고 찾아다녔다. 그 과정에서 『다산시문집』에 누락되고 없는 다산의 귀중한 시문 자료를 수백 편 넘게 찾았다. 이렇게 좋은 글들이 어째서 문집에서 빠져버렸을까 생각하면 안타깝기 짝이 없다. 이제라도 찾았으니 이것들을 한자리에 모아 정리하는 작업이 남았다.

그중에서 다산이 제자들에게 개별적 맞춤형 교육의 일환으로 써준 각종 증언첩의 존재는 특히 귀하다. 다산은 제자의 개성에 맞춰 각자에게 꼭 맞는 가르침을 글로 써서 선물하곤 했다. 문집에도 많이 남아 있지만 누락된 것이 더 많다. 특히 승려 제자들에게 준 글은 문집에는 극히 일부만 실리거나 아예 빠진 것들이 대부분이다. 이런 글은 특히 모두 친필로 아름답게 장정되어 있어서 예술적 가치도 높다.

증언첩은 다산이 제자 개인을 염두에 두고 쓴 메모를 모은 것이다. 받는 사람은 스승께서 오직 나만을 위해 이 귀한 글과 글씨를 써주셨구나 싶어 감격하고, 주는 사람은 특히 네게 바라는 것은 바로 이러한 점이라고 가르침을 내린 것이어서 양편 모두 마음에 오래 깊이 남았다. 앞서 초서 모음집인 총서의 유무로 다산의 제자인지 여부를 확인할 수 있다고 했는데, 증언첩을 받았느냐 못 받았느냐로 아낀 제자인가 아닌가를 판단하는 근거로 삼아도 좋다. 다산은 제자마다 그를 위한 맞춤형의 가르침을 선사하는 것을 즐겼다. 선물용과 학습용을 겸해 일정한 크기의 종이나 자투리 천에 작품처럼 써서 첩으로 만들어 선물하기도 했다.

최근 10여 년 사이에 예술품 경매가 활성화되면서 각종 옥션 도록 속에 다산의 친필 글씨가 심심찮게 올라왔다. 일일이 체크하고 있다가 다산의 글씨가 보이기만 하면 달려가서 사진을 찍거나 자료를 제공받아 갈무리해두었다. 한번은 소폭의 글씨가 나왔는데 글씨 끝에 행서로 판 '다산茶山'이란 인장이 찍혀 있었다. 후대에 다산의 필체를 모방해 판 것이었다. 그 얼마 후 똑같은 크기의 인장이 찍힌 글씨 하나를 다른 도록에서 발견했다. 글씨 크기와 인장의 모양으로 보아 동일한 필첩에 있던 것이 흩어진 듯했다.

옥션 단의 김영복 대표에게 이 글씨에 대해 물어보았다. 그의 대답이 이랬다. 1970년대에 30장 남짓 되는 분량의 다산 필첩이 매물로 나왔다. 당시 가격이 워낙 높아 인사동에서 이것을 한번에 취급할 만한 상인이 없었다. 하는 수 없이 필첩을 해책하여 몇 장씩 나눴다. 한 첩에서 나온 것이므로 일단 흩어지면 맥락이 없어지니 급한 대로 다산의 필적을 본뜬 인장을 새겨 찍어 뒷날의 증명으로 삼기로 했다.

그 말을 듣고 나서 나는 똑같은 위치에 같은 인장이 찍힌 글씨가 나오기만 기다렸다. 10년 가까운 세월이 지나는 사이에 하나하나 세상에 다시 나와 이제까지 내가 본 것이 다섯 장이다. 한 장씩 볼 때는 가늠이 안 되더니 모아서 보자 맥락이 눈에 들어오기 시작했다. 다섯 장의 친필을 차례로 읽어본다.

절집은 희미한 저편에 있고	僧寺依俙在
고깃배 호탕하게 돌아오누나.	漁舟浩蕩回
쓸쓸히 서 있는 몇 그루 나무	蕭條數根樹
이따금 바다 조수 밀려든다네.	時有海潮來

바닷가에서 그다지 멀리 떨어지지 않은 곳에 절집이 있고, 고깃배는 하루 일을 마치고 돛을 시원스레 건 채 물가로 돌아온다. 갯가에 몇 그루 쓸쓸하게 서 있는 나무의 밑동 쪽으로 밀물이 밀려든다. 5언절구 한 수인데 다산의 작품이다. 바닷가에서 얼마

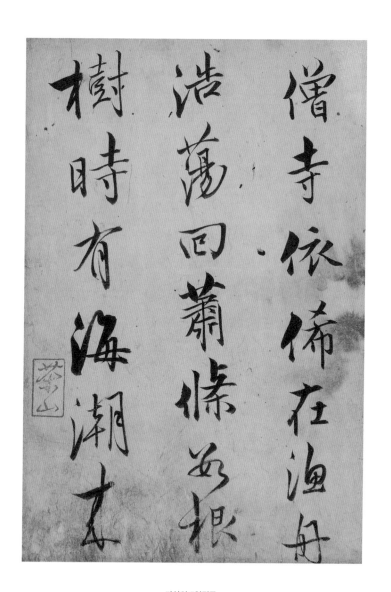

僧寺依俙在漁舟
浩蕩回蕭條路根
樹時有海潮去

다산의 5언절구.

간 떨어져 있는 절집과 그곳에 있는 어느 승려를 향한 그리움의 마음을 담았다. 그게 누굴까?

순淳은 약속이 있었건만 이제 이미 꽃이 피어 한참 괴롭게 기다리는데도 무슨 일인지 모르겠으나 이제껏 오질 않고 있구나. 마침 인편이 있길래 보낸다. 이만 줄인다. (淳也有約, 今已花綻, 政爾苦企, 未知有甚幹, 當至今未至耶. 適有人去. 不宣.)

순이란 사람이 꽃 시절에 자신에게 놀러 오기로 약속했는데 꽃이 활짝 피어도 오지 않으니 무슨 일이 있는 게냐고 물었다. 괴롭게 기다린다 한 것으로 보아 순은 다산이 아주 아꼈던 제자였던 듯하다. 순에 대해 물었으니 정작 이 편지의 수신자는 순이 아닌 다른 사람이다.

그러다가 다시 세번째 편지를 만났다.

순은 옥으로 깎은 듯해서 오래 승려로 있을 사람이 아니다. 근자에 보니 시정詩情이 갑자기 훌륭해졌다. 혹 티끌세상을 향한 잡념이 점점 스러져서 그런 걸까? 이만 줄인다. (淳也玉削, 恐非久於緇林者. 近見詩情頓勝, 或其塵雜漸刪否. 不具.)

놀랍게도 또 순이란 이름이 보인다. 이 글을 통해 순의 신분 다산의 나머지 친필 네 장.

이 승려였고 그는 인물이 워낙 훤칠해서 다산은 그가 오래 승려로 있을 사람이 아니라고 보았음을 알 수 있다. 순의 시가 갑자기 좋아진 것을 보고 기뻐서 혹 티끌세상을 향한 잡념이 많이 사라진 것이냐고 얘기했다.

　　글을 받고서야 비로소 여태 보림사에 머물고 있는 줄을 알게 되니 마음이 오히려 놓인다. 만순萬淳은 시격詩格이 갑자기 높아졌더구나. 몹시 기쁘다. 이만 줄인다. (手翰至, 始至尙駐寶林, 此心猶以爲慰. 萬淳詩格忽高, 甚可欣也. 不具.)

　퍼즐 하나가 더 나왔다. 글에서는 순의 이름이 만순임을 알려준다. 뿐만 아니라 편지의 수신자는 당시 장흥 보림사에 머물고 있었다. 그렇다면 만순은 보림사의 승려였을 것이다. 글에서 다산은 그의 시격이 갑자기 높아져서 기쁘기 짝이 없다고 얘기했다. 위 세 통의 편지에서 온통 만순에게 다산의 관심이 쏠려 있다.
　마지막 다섯번째 퍼즐은 이렇다.

　　『수능엄경首楞嚴經』은 훌륭한 곳이 아주 많다. 다만 이치를 설명하고 비유를 편 곳에 앞뒤 안 맞는 내용이 적지 않으니 통달한 사람이 지은 것이 아닌 줄을 알겠다. 이만 줄인다. (首楞嚴, 儘多佳處. 但其說理設喩處, 遂多乖舛. 知非通人所作. 不具.)

불경 중 『수능엄경』에 대해 다산이 품평한 내용이다. 다산이 당시 불경을 열심히 읽으면서 공부한 정경을 알 수 있다.

이렇게 다섯 개의 퍼즐 조각을 맞추자 이런 내용이 정리된다. 다산이 써준 글의 수신자는 보림사가 아닌 다른 절의 승려로 당시 한동안 보림사에 머물고 있었다. 이때 보림사에는 만순이란 승려가 있었다. 그는 훤칠한 외모에 시까지 출중해서 다산의 사랑과 기대를 한몸에 받았다. 하지만 그가 꽃 시절에 다산 초당에 찾아오기로 해놓고도 약속을 지키지 않자 다산이 그의 근황을 물으며 애를 태웠다. 다산은 만순을 자신의 시제자로 삼으려고 공을 들이고 있었다.

나는 갑자기 만순의 정체가 궁금해졌다. 순천 송광사의 고경古鏡 스님께 연락을 넣어 보림사 승려였던 만순이란 승려에 관한 기록을 살펴봐달라고 부탁드렸다. 이튿날 바로 답장을 받았다. 예상대로 그는 보림사 승려였던 인허印虛 만순萬淳이었다. 자세한 생몰년이나 행적은 전혀 알려진 바 없고 보림사의 사승으로 이어진 계보만 확인된다는 전갈이었다. 그는 청허淸虛 휴정休靜, 1520~1604의 11대 손으로 편양鞭羊 언기彦機, 1581~1644를 거쳐 보림사의 계맥으로는 상봉霜峯 정원淨源, 1627~1709에서 경월敬月 민준敏俊을 거쳐 서운瑞雲 수희守禧의 법을 이었다. 그의 뒤로 법맥이 죽 이어진 것을 보면 다산의 우려와 달리 그는 환속하지는 않았던 듯하다.

김영복 대표에게서 들어 적어둔 다산 필첩에 찍힌 행서 인장

하나에 대한 메모가 같은 인장이 찍힌 다산 글씨의 수집으로 이어졌고, 다섯 조각이 모이자 필첩의 성격이 드러났다. 아마 이 인장이 찍힌 다산 친필은 앞으로도 스무 장 이상 더 나올 것 같다. 만순의 법맥도 확인되었다. 남은 것은 필첩의 수신자를 확인하는 일이다. 만순과 가까웠고 다산의 제자였으며 당시 보림사에 임시로 머물고 있던 승려라야 한다. 현재까지 나온 자료로 수신자의 정체를 특정할 수는 없지만 가늠은 할 수 있을 것 같다.

다산의 알려지지 않은 일문逸文 중에 「선문답禪問答」이란 글이 송광사 승려 금명錦溟 보정寶鼎, 1861~1930이 남긴 『백열록栢悅錄』에 실려 있다. 이 글에 만순의 이름이 한 번 더 나온다. 글은 이렇다.

> 만순은 모름지기 진로塵勞에 쇄탈灑脫하고, 의순意詢은 실지實地를 실천하도록 해라. 법훈法訓은 모름지기 깨달음의 관문에 투철해야 한다.
>
> 만순이 묻는다. "어찌해야 세상일에 쇄탈합니까?"
>
> 사가 말한다. "가을 구름 사이의 한 조각 달빛."
>
> 의순이 묻는다. "어찌해야 실지를 실천합니까?"
>
> 사가 말한다. "날리는 꽃 제성帝城에 가득하도다."
>
> 법훈이 묻는다. "어찌해야 깨달음의 관문을 투득합니까?"
>
> 사가 말한다. "새 그림자 찬 방죽을 건너가누나."
>
> (淳也須灑脫塵勞, 詢也須踐蹋實地, 訓也須超透悟關. 淳問:

"如何是灑脫塵勞?" 師曰: "秋雲一片月." 詢: "如何是踐蹋實地?"
師曰: "飛花滿帝城." 訓問: "如何是超透悟關." 師曰: "鳥影渡寒
塘.")

　앞의 필첩을 살피지 않았을 때는 위 글 속 순의 정체가 다산
초당의 주인 윤규로尹奎魯, 1769~1837의 4남인 윤종진尹鍾軫, 1803~1879이
려니 생각했다. 그의 호가 순암淳菴이어서다. 함께 등장하는 두
사람은 초의艸衣 의순意恂, 1786~1865과 침교枕蛟 법훈法訓, ?~1813이다.
법훈은 아암 혜장의 법제자다. 결국 위 선문답은 다산이 만순과
의순과 법훈 세 승려를 앉혀놓고 시 공부를 시키던 중에 선문답
형식으로 세 승려에게 부족한 점을 일깨워주고 그 방법을 옛 시
의 한 구절에서 따와 가르침을 내린 내용이다.

　만순에게는 진로塵勞, 즉 티끌세상을 향한 집착을 툴툴 털어내
야 한다고 지적했다. 필첩 속 편지에서 오래 중노릇할 사람이 아
니라고 한 평가와 일치한다. 다산은 어찌해야 티끌세상을 향한
집착을 벗어날 수 있느냐고 묻는 만순에게 '가을 구름 사이의 한
조각 달빛秋雲一片月'이란 시구로 대답했다.

　이렇게 보아 다산이 준 필첩의 주인은 초의 의순과 침교 법훈
둘 중 한 사람이었을 것이다. 다만 다산이 초의에게 준 여러 친
필첩은 그 목록이 이제껏 남아 있다. 현재 남은 필첩의 존재도
이미 여럿 알려졌다. 하지만 어디에도 이 필첩에 관한 언급은 없

다. 반면 법훈에게 준 필첩은 하나도 알려진 것이 없다. 아마도 다산의 이 필첩은 침교 법훈에게 다산이 준 선물이었을 것이다. 크기가 같은 것으로 보아 그사이에 그에게 보낸 여러 메모를 모아두었다가 한 권의 책으로 작정하고 써준 것이다. 앞으로 이 인장이 찍힌 글씨가 잇달아 더 나와 전후 맥락이 한층 소상하게 드러날 수 있기를 기대한다.

사소한 관찰과 메모에서 공부가 시작된다. 조각의 정보가 하나의 체계를 갖춘 정보로 발전하려면 긴 기다림의 시간이 필요하다. 퍼즐 조각이 꽤 모여 전체 상이 드러날 때까지는 인내와 집중이 요구된다.

오동잎 이야기

이덕무의 『앙엽기』 때문에 메모가 적힌 감잎 항아리 생각을 하고 나니 글을 봐도 자꾸 잎사귀와 관련된 내용만 눈에 들어온다. 동한東漢 때 사람 손경孫敬은 너무 가난해서 종이를 구할 수 없자, 버들잎을 따서 거기에 경전을 베껴가며 공부했다. 그는 상투를 들보에 매달아 묶어놓고 공부를 했다는 사람이다. 지쳐서 꾸벅 졸면 떨어지던 머리가 절로 번쩍 들렸다. 그러면 고개를 몇 번 흔들어 잠을 쫓고 다시 책을 읽었다는 공부벌레다. 버들잎에 쓴 경전이라니. 하기야 인도의 불경은 패엽貝葉을 가지런히 잘라서 가공해 말린 후 그 위에 쓴 것인데 몇백 년이 지난 지금까지도 말짱한 것들이 있다.

두보의 「하씨의 집에 다시 들렀다가 쓴 5수重過何氏五首」 중 제3수에 오동잎에 시 쓰는 얘기가 나온다.

지는 해에 평대에 올라가서는	落日平臺上
봄바람에 차를 달여 마시는 시간.	春風啜茗時
돌난간서 비스듬히 붓을 들고서	石闌斜點筆
앉아서 오동잎에 시를 적는다.	桐葉坐題詩
물총새 옷걸이에 올라서 울고	翡翠鳴衣桁
잠자리는 낚싯줄에 앉아 있구나.	蜻蜓立釣絲
혼자서만 오늘의 흥을 만나니	自逢今日興
오고감에 뒷기약이 전혀 없다네.	來往亦無期

읽으니 마음이 차분해진다. 해는 뉘엿한데 물가 언덕에 세워진 정자에 올랐다. 봄바람은 살랑살랑 불어오고 그 바람을 부채질 삼아 차를 달인다. 차 솥 바닥에 물고기 눈알이 송송 박히는가 싶더니 물방울이 게 눈처럼 꼬리를 끌며 올라온다. 불기운을 조금 줄일 때가 된 것이다. 차가 익기를 기다리는 동안 돌난간에 기대앉아 물끄러미 석양을 보며 시상을 가다듬었다. 종이가 미처 준비되지 않아 잎 넓은 오동잎을 하나 따서 거기에 시를 적는다.

물총새가 횃대 위에 앉아 우는 봄날, 아까부터 수면에 고요히 드리워진 낚싯줄에는 잠자리 한 마리가 앉아 졸고 있다. 이런 모든 분위기가 시인의 내면에 일으킨 미묘한 화학적 변화를 어찌다 설명할 수 있으랴. 그는 어두워지는 저편을 다시 한번 둘러본다. 예전 한 차례 들렀던 곳인데 오늘 또 새롭다. 언제 다시 이곳에 이렇게 앉아볼 수 있을까? 이런 생각에 잠겨 풍경 속에 고정된 채 그는 땅거미 속으로 조금씩 지워져간다. 원고지가 된 오동잎 이야기다.

오동잎은 잎이 넓어 유난히 바스락거리는 소리가 난다. 비라도 내리면 후드득 잎마다 지는 빗방울 소리에 온 집이 시끄럽다. 그래서 한시나 시조 속에 오동잎을 노래한 것이 꽤 있다. 예전 『한시 미학 산책』에서 소개한 적이 있지만, 오늘은 오동잎을 주제로 따로 떼어 다시 한번 음미해본다.

곱던 모습 아련히 보일 듯 사라지고　　　　玉貌依舊看忽無
깨어보면 등불만 외로이 타고 있네.　　　　覺來燈影十分孤
가을비가 잠 깨울 줄 진작 알았더라면　　　早知秋雨驚人夢
창 앞에다 오동일랑 심지 않았을 것을.　　不向窓前種碧梧

이서우李瑞雨, 1633~?가 세상을 뜬 아내를 그리며 쓴 「도망실悼亡室」이란 시다. 꿈에 죽은 아내를 잠깐 만났다. 그녀는 모습을 정면으로 보여주지 않고 뒷모습만 슬쩍 보여주고 사라진다. 붙들려고 손을 휘젓다가 온통 소란스런 소리에 꿈을 깼다. 정신을 차려보니 등불은 기름이 졸아 심지에서 타닥타닥 소리가 난다. 이 소리였나? 그게 아니다. 창밖의 소음이 더 굉장하다. 갑작스런 비가 마당 앞 오동잎을 일제히 때리면서 내는 소리다. 그는 혼잣말로 "저 소리가 이렇게 시끄러웠나?" 하고 중얼댄다. 아내가 있을 때는 한 번도 오동잎에 빗방울 떨어지는 소리 때문에 잠 깬 적이 없었다. 불면의 밤이 오동잎 때리는 빗소리와 함께 둥둥 떠내려 간다. 등불 심지도 덩달아 애가 탄다.

오동에 듣는 빗발 무심히 듣건마는
내 시름하니 잎잎이 수성愁聲이로다
이후야 잎 넓은 나무를 심을 줄이 있으랴

김상용金尙容, 1561~1637의 시조에서 또 비슷한 의경과 만난다. 보통 때야 오동잎에 빗발이 들어도 별 생각이 없었다. 마음에 수심이 들고 보니 소리마다 새 근심을 자아낸다. 귓속에 콕 박혀서 막아도 사라지지 않는다. 고개를 내저으면 더 크게 들린다. 그러니까 오늘밤 내 근심은 저놈의 오동잎 때문이다.

이렇게 같은 오동잎이 시를 쓰는 원고지가 되기도 하고, 먼저 간 아내를 저승에서 불러내거나 후드득 근심으로 나를 압도하는 소리도 된다. 비가 안 와도 달밤에 바람 맞아 저희끼리 두런대는 소리에 잠 못 드는 존재가 또 있다. 다음은 이경전李慶全, 1567~1644이 어려서 지었다는 시다.

첫번째 개 짖고 나자	一犬吠
두번째 개 짖더니만,	二犬吠
세번째 개 따라 짖네.	三犬亦隨吠
사람일까 범일까 바람 소릴까?	人乎虎乎風聲乎
아이 말이 "산 달은 밝기가 등불 같은데	童言山月正如燭
반 뜰엔 오동잎만 울고 있어요."	半庭惟有鳴寒梧

　멀리서 개 한 마리가 우우 짖자 건넛집 개가 따라서 짖고, 우리 집 개도 덩달아 짖는다. 순식간에 동네 개가 일제히 짖는다. 말 그대로 개판이다. 퀴즈 하나. 개는 왜 짖었을까? 1번, 낯선 손님 때문에. 2번, 범이 마을로 내려온 기척을 느껴 불안해서. 3번, 스산한 바람 소리가 심란해서. 4번, 달빛만 보면 괜히 몸이 비비 꼬여서. 마지막 5번, 오동잎끼리 몸 비비는 소리가 시끄러워서. 제법 5지선다형 질문 목록이 만들어진다. 정답은? 다 맞고 또 다 틀렸다. 밤중에 개가 짖는데 무슨 이유가 있겠나?

　주인은 하인을 불러 "바깥 좀 내다봐라" 한다. 어린 녀석이 내다보고 오더니 심드렁하게 대답한다. "달만 밝고 오동잎이 바람에 시끄러워요." 심심했던 주인은 밤중에 불쑥 친구라도 찾아오면 술 한잔해볼까 하는 속셈이 있었고, 아이는 그런 것 아니니 사람 귀찮게 할 생각 말고 잠이나 주무시라고 대답했다.

　화가 긍재兢齋 김득신金得臣이 남긴 〈출문간월도出門看月圖〉란 그

김득신의 〈출문간월도〉, 개인 소장.

림이 있다. 오동잎이 얼마나 넓은지는 잎 하나가 달을 온통 가릴 지경으로 그려놓은 붓질만 봐도 알 만하다. 옆에 또 화제畵題가 붙었다. 이경전의 시를 슬쩍 패러디했다.

첫째 개가 짖어대자	一犬吠
둘째 개가 짖더니만	二犬吠
첫째 개 짖는 소릴 동네 개가 다 따른다.	萬犬從此一犬吠
아이더러 문밖을 살피랬더니	呼童出門看
오동나무 첫 가지에 달 걸렸다고.	月掛梧桐第一枝

개는 뭔 일이 난 것처럼 짖었고, 동네 개들은 영문도 모른 채 따라 짖었다. 주인은 누가 왔나 싶었고, 아이는 아무 일도 아니라고 말했다. 그림 속의 총각머리 어린 하인은 자려다 말고 나와서 개에게 "야! 너 조용히 안 해!"라고 말하려다, 저도 모르게 개가 짖는 방향을 따라 눈길이 올라가서 내민 손이 그저 울타리를 잡은 채 함께 달구경을 하고 있다. 그렇게 해서 일 없던 산골 마을의 저녁은 다시 잠잠해졌을까? 글쎄.

다음 그림은 장승업이 그린 〈오동폐월도梧桐吠月圖〉다. 오동잎을 보며 맹렬하게 짖는 견공의 사나운 이빨이 인상적이다. 그는 같은 제목으로 여러 폭의 그림을 남겼다. 오동잎이 말썽은 말썽이다.

장승업의 〈오동폐월도〉, 선문대학교 박물관 소장.

오동잎은 그리움이다

　　　　　　　　　　　명나라 진계유陳繼儒의 『진주선珍珠船』이
란 책을 펼쳐 읽는데, 오동잎 하나가 또 날아든다. 한번 시작하
니 끝이 없다.

　촉蜀 땅의 후계도侯繼圖가 대자사大慈寺란 절의 누다락에 올라 난
간에 기대 가을 경치를 구경하고 있었다. 그때 바람이 휙 불더니
그의 발치 아래로 오동잎 하나를 떨궜다. 무심코 눈길을 주자 그
위에 글씨가 잔뜩 적혀 있었다. 그는 오동잎을 주워들었다. 시
한 수였다.

　　두 뺨과 두 눈썹을 훔쳐 닦음은　　　拭翠斂雙蛾
　　마음속 일 답답해서 그런 거지요.　　爲鬱心中事
　　붓 들고 뜨락 섬돌 내려서서는　　　搦管下庭除

그립다는 글자를 써본답니다.	書成相思字
이 글자를 돌에다 쓰지를 않고	此字不書石
이 글자를 종이에도 쓰지 않지요.	此字不書紙
가을 잎 위에다 글씨를 써서	書向秋葉上
가을바람 따라 가길 바라봅니다.	願逐秋風起
천하에 마음 있는 사람이라면	天下有心人
그리다가 죽는단 말 다 알겠지요.	盡解相思死
천하에 마음 없는 사람이라면	天下負心人
그립다는 말의 뜻도 모를 거예요.	不識相思意
마음 있는 사람일지 그 반대일지	有心與負心
어느 곳에 떨어질지 알 수 없네요.	不知落何地

그는 말없이 나뭇잎을 오래 들여다보았다. 그러고는 그 오동잎을 옷소매 속에 간직해두었다. 누구일까? 궁금했다. 가을이 깊어지면서 그녀의 까닭 모를 근심도 깊어졌던 모양이다. 그녀는 마음속에 사랑을 품었다. 그런데 그 사랑을 얘기할 임을 만나지 못했다. 가을 등불 아래 거울을 보고 앉았자니 눈물이 뚝 떨어진다. 그녀는 손으로 눈물을 닦으면서 마당으로 내려선다. 지천으로 굴러다니는 오동잎 하나를 주워들고, 그 위에 '상사相思'란 두 글자를 쓴다. 돌에다 쓰지는 않겠다. 꼼짝도 않고 거기 있을 테니까. 종이에 쓰지도 않으련다. 막상 부칠 데가 없으니. 그래

서 넓은 오동잎에 써서 인연 따라 날려가 천하의 유심인有心人의 손길에 들어가 이 마음을 알아주었으면 했다. 부심인負心人에게는 들어가나 안 들어가나 마찬가지다. 어차피 그들에게는 이토록 일렁이는 감정이 없을 테니까. 이 오동잎, 내 사랑의 마음을 새겨넣은 오동잎은 어떤 사람의 손에 들어갈 것인가? 여기까지가 시의 내용이다.

궁금해서 그다음을 보니, 책의 기록은 이렇게 싱겁게 끝이 난다.

> 몇 해 뒤 계도가 임씨任氏를 얻어 혼인을 했다. 잎사귀에 글씨를 쓴 것은 바로 그녀였다.

계도는 어떻게 임씨를 찾아냈을까? 그리고 어찌해서 정처 없던 그녀 사랑의 종착점이 되었을까? 오동잎이 맺어준 사랑. 한편의 소설로 이어보고 싶은 얘기다.

이덕무의 『청비록淸脾錄』에서 이런 시도 찾았다. 고성 현감을 지낸 김성달金盛達의 첩 이씨는 글자를 겨우 400자 정도 알았다. 김성달이 죽자 그녀는 낭군의 시고詩稿를 끌어안고 사흘 동안 통곡했다. 그후 그녀는 갑자기 시를 지을 수 있게 되었다. 사흘간 끌어안고 우는 사이에 낭군의 시혼이 그녀 속으로 옮겨왔던 걸까? 그녀가 지은 시는 자기가 아는 400글자의 범위를 벗어나지 않았다. 그런데도 사람을 놀래는 구절이 적지 않았다. 다음은 그녀가 읊은 「오동을 노래함題梧桐」이란 작품이다.

한 그루 오동나무 사랑하노니   愛此梧桐樹
집 앞에 늦은 그늘 드리우누나.   當軒納晩凉
하지만 한밤중에 비라도 오면   却愁中夜雨
애끊는 소리 낼까 걱정이라네.   翻作斷腸聲

앞서는 사랑을 맺어준 오동잎 얘기고, 이것은 사랑이 떠난 뒤의 오동잎 사연이다. 마당 앞에 우뚝 선 오동나무가 무더운 여름날 오후엔 시원한 그늘을 드리워준다. 그 그늘이 고마워 내가 저나무를 아끼고 사랑한다. 하지만 임이 떠나고 없는 빈방에서 깊은 밤에 혼자 잘 때, 후드득 빗방울이 그 넓은 잎을 난타하면 그소리에 깬 잠을 다시 이을 수가 없다. 이때는 좀 전의 사랑스러움이 간데없어진다는 의미다. 그늘을 주는 오동은 고맙지만 떠난 임 생각에 불면의 밤을 지새우게 만드는 오동은 얄밉다.

궁금해져서 한국고전종합DB에 접속해 한글로 '제오엽'이라고 검색했더니 다시 한시 한 수가 걸려든다. 조선 인조 때 정백창鄭百昌이 쓴 「제오엽題梧葉」이란 시다. 부제목은 '임숙영任叔英 김시양金時讓 두 형에게 부치다'로 되어 있다. 그가 쓴 오동잎 시는 내용이 또 어떤가.

두 그루 오동 심어 봉황을 보겠더니	手植雙梧待鳳凰
봉황은 오질 않고 서리꽃만 차갑구나.	靈禽不至露華涼
지금 날려 떨어짐이 버들보다 앞서니	卽今飄落先蒲柳
잎 가득 시 적으매 마음 더욱 애틋타.	滿葉題詩意更長

김도향의 투코리언스가 부른 〈벽오동〉이란 노래 가사가 생각난다. 봉황은 벽오동이 아니면 내려앉는 법이 없다. 그 열매가 아니고는 입에 대지 않는다. 내 마당에 두 그루 벽오동을 심어 봉황 같은 그대 두 분이 날 찾아주길 바랐었지요. 그런데 봉황은 끝내 오질 않고 가을 이슬만 차갑군요. 넓은 잎은 가뭇없이 떨어져 마당을 뒹구는데, 두 분은 언제 나를 찾아주려는지요? 그리움 가눌 길 없어, 붓 들어 오동잎에 내 마음을 적어 보냅니다. 보고 싶습니다. 이 가을이 다 가기 전에 얼굴 한번 보여주지 않으려는지요?

이 세 편의 시 속에 등장하는 오동잎은 그리움이다. 이루지 못한 사랑이다. 오동잎은 기다림이다. 기다리는 사람은 끝내 오지 않는다. 가을이 깊어간다.

오늘은 옌칭도서관 선본실에 가서 인보_{印譜} 몇 권을 촬영했다. 일본 인보인데, 인문_{印文}이 인상적인 것이 많고 새김 또한 품격이 높았다. 여기서 또 오동잎을 만났다. 도처에 오동잎 홍수다. 어째 이런 일이 동시다발적으로 벌어지는 걸까? 눈길을 주기 전에

「수월재인보」 인장.

는 있어도 있는 것이 아니고 봐도 본 것이 아니다.

먼저 『수월재인보水月載印譜』 중의 한 방.

인문은 이렇다. 楊柳風, 梧桐月, 芭蕉雨, 梅花雪. 식물은 저마다
어울리는 대상이 있다. 하늘대는 버들가지는 바람이 제짝이고,
오동잎은 달빛과 함께라야 제격이다. 잎 넓은 파초는 빗방울이
후드득거릴 때가 좋고, 매화는 가지 위에 눈이 쌓여야 운치가 있
다는 얘기다.

이런 문장을 하나 골라서 그 단단한 돌 위에 글자를 뒤집어
배치해서 붓으로 써놓고, 칼을 들어 빈 여백을 하나하나 처리해

우오루서화인.

나갈 때 마음속에 바람이 불고 달이 뜨더니, 비가 오고 눈이 내린다. 네 계절의 풍경과 꽃나무의 정경이 그와 함께 소복소복 피어났을 것을 생각하니 내 마음이 다 흐뭇하다. 실제로 도장 주인에 대한 정보를 알려주지 않고 좋은 구절만을 새긴 이런 도장을 한장인閒章印이라고 한다. 이런 인장이 하나쯤 찍힌 그림의 여백, 책의 빈 면을 갖고 싶다.

　다시 『만회당인식晩悔堂印識』을 뒤적이니 서재 이름을 새긴 인장에 또 오동잎이 얼굴을 빼꼼 내민다. 우오루서화인雨梧樓書畵印!

　서재 이름이 우오루다. 오동잎에 빗방울 후드득거리는 소리

206

가 더 크게 들리는 서루書樓란 뜻이다. 오동나무는 키가 크고, 그의 서루는 높직하게 자리잡았던 것이 틀림없다. 깊은 밤 등불을 밝혀놓고 책을 읽을 때 빗방울이 창밖 오동잎을 치는 소리. 생각만 해도 정신이 시원하다. 첫 글자인 우雨 자에서 위쪽 두 점의 획을 옆으로 슬쩍 휘어놓자 마치 빗물이 처마 밑으로 파고들다 그 아래로 떨어지는 모습 같다. 그의 모든 책에 이 도장이 어김없이 찍혀 있었을 것이다. 우오루, 참 예쁜 이름의 서재다.

이 두 인장만 보더라도 오동잎은 달빛과 어울려 무한한 생각을 자아내고, 빗소리에 얹혀 정신을 일깨우는 각성제가 됨을 알겠다. 이렇게 오동잎과 놀다가 또 반나절이 떠내려간다.

낮에 선본실에서 중국 지난暨南 대학교에서 온 류劉 교수가 쉬지도 않고 낑낑대며 하도 열심히 자료를 촬영하길래 내가 종이에다 시 한 구절을 써 보였다.

세상일 분수가 정해 있건만　　　　萬事分有定
뜬 인생이 공연히 혼자 바쁘다.　　浮生空自忙

그가 껄껄 웃더니 그만 카메라를 내려놓고 허리를 쭉 편다. 하기야 나도 남 말 할 처지는 못 된다.

출전을 메모하라

후지쓰카가 『완당집』에 잘못 끼어든 남의 글을 찾아내서 정리했다. 추사의 글인 줄 알았는데 아니었다. 여태까지 안 고쳐지고 있다. 이걸 추사 말로 인용하면 곤란하지 않겠는가. 원인은 추사가 제공했다. 그는 남의 책을 읽다가 좋은 내용이 나오면 출전을 밝히지 않고 써두었다. 추사의 친필인데다 다른 근거도 안 보이니 후손과 제자 들이 그의 글로 착각할 수밖에. 왜냐고? 그들의 학문 수준은 추사 근처에도 갈 형편이 못 되었던 것이다.

신흠申欽의 『상촌야언象村野言』과 허균의 『한정록閑情錄』에는 겹치는 글이 꽤 있다. 둘 다 명대에 성행한 각종 청언집淸言集에서 베껴온 것이다. 허균은 베껴 쓴 글마다 그 끝에 출전을 꼭 밝힌 데 반해 상촌은 하나도 안 밝혔다. 그저 책을 읽다가 좋은 글을 공책에 하나둘 적어두었을 뿐이다. 그가 갑자기 세상을 뜨자 후손들이 그의 글을 모아 엮으면서 이것을 선생의 저술로 잘못 알고 문집 속에 포함시켰다. 『휘언彙言』 같은 글도 마찬가지다. 말 그대로 말을 모았다지 않는가? 자기 글이 아니다. 남의 글을 읽다가 좋은 내용을 모아둔 비망록이다. 이것도 선생의 저술로 잘못 끼어들어갔다. 책이 출간되고 기념 학술회의가 열려 내가 이것을 지적했을 때 발표자들의 머쓱해하던 표정을 잊을 수가 없다.

본인이 정리해두지 않고 죽으면 꼭 이런 일이 생긴다. 고인은 공부의 자료로 삼으려고 적어둔 것뿐인데, 우리 할아버지가 이렇게 멋진 글을 남기셨구나 하고 후손들이 착각하는 바람에 이런 황당한 일이 생겼다. 위한다고 한 일이 욕보인 꼴이 되었다. 인용의 잘못된 버릇 때문이다. 글을 쓰다가 본 기억이 분명하다. 그 내용이 책의 왼쪽 또는 오른쪽 상단, 하단에 적혀 있던 것까지 분명히 생각난다. 그런데 막상 책 제목이 생각나지 않는다. 이런 일은 늘상 발생한다. 그때그때 근거를 메모해두었더라면 아무 문제가 없다. 그러지 않아서 문제가 된다. 그래서 메모는 습관이라고 말하는 것이다.

나만 해도 다산의 편지를 죽기 살기로 모은 적이 있었다. 박물관, 개인 할 것 없이 어디에 있다는 말만 들으면 달려가서 촬영을 했다. 그렇게 모은 편지가 200통에 가깝다. 이것 하나하나가 모두 다산의 내면과 교유망, 그리고 생애의 여러 변곡점을 이해하는 데 결정적인 힌트를 주었다. 촬영을 해오면 컬러로 출력해서 법첩法帖 형태로 간수해두었다. 여백에 글씨를 남기지 않으려고 메모를 따로 해두지 않았다. 당시는 금방 생각이 떠올랐는데 몇 해가 지나고 나니 대체 이 자료를 어디서 구했는지 생각나지 않는다. 애초에 처음부터 하나하나 메모를 해두었어야 했다. 뒤늦게 새로 메모를 추가하기 시작했는데 아직도 채우지 못한 것이 많아 답답하다.

지금은 검색 엔진이 워낙 막강해서 글쓰기가 참 쉬워졌다. 전에는 글을 읽을 때 제일 답답한 대목이 '고인왈古人曰'이었다. 대체 그 고인이 누구냔 말이다. 답답해서 선생님께 가져가 슬쩍 들이밀면 답이 그대로 나오는 경우가 많았다. "너는『맹자』도 모른단 말이냐? 한심한 녀석." 이런 퉁을 한 번씩 들었다. '사기왈史記曰' 같은 대목도 스승이나 제자나 답답하긴 매일반이었다. 그 두꺼운 책에서 언제 그 한 줄을 찾겠는가?

예전 연암의 글을 읽는데, 편지 속에 사람 잡는 '고인의 시에 말하기를'이란 인용이 있었다. 이때는 중국에서 나온『사고전서四庫全書』CD가 있어서 이것을 돌리자 하나가 튀어나왔다. 『지북우담池北偶談』이란 책에 당나라 때 사람의 작품으로 인용된 구절이었다. 논문에 이 시의 출전을 밝혔다. 영남대학교 김혈조 교수가 그 논문을 읽고는 "야! 정교수 공부 시계('세계'의 경상도 사투리) 했데. 도대체 그 시를 어떻게 찾았어요?" 내가 그 심정을 잘 안다. 그도 이 시를 찾아보려고 무진 애를 썼던 것이다. 나는 그저 씩 웃고 말았다. 영업 비밀은 함부로 알려주는 것이 아니다.

동시다발 독서법

홍석주洪奭周, 1774~1842의 저술 중에 『홍씨독서록』이란 책이 있다. 평생 읽은 책을 목록으로 만들고, 각 책의 내용을 간략히 소개해 후학들의 독서 지남指南으로 남기려 한 저술이다. 서문을 보면 특별히 동생 홍길주洪吉周, 1786~1841를 염두에 두고 쓴 것임을 알 수 있다.

홍길주는 형님인 홍석주의 독서 방법을 그의 『수여연필睡餘演筆』에서 소개했다. 젊은 시절 홍석주는 날마다 한 권의 책을 일과에 따라 일정한 분량을 정해두고 읽었다. 예를 들어 『논어』를 하루에 한 챕터씩 되풀이해 읽는 방식이었다.

여기에 더해 그는 한 가지 특이한 방식의 독서를 병행했다. 타이트한 일과의 틈새에 다양한 빛깔의 독서를 끼워넣어 조금씩 야금야금 읽는 방법이었다. 아침마다 세수를 하고 나면 으레 머리를 새로 빗어 상투를 짜는 게 옛 선비의 중요한 일과였다. 참빗으로 머리를 빗는 것은 두피 마사지의 효과도 있어 옛사람들이 양생의 한 방편으로 여겼다. 반복해서 수십 번 수백 번 머리를 빗는 시간은 하루의 계획을 정리하는 시간이기도 했다. 밤새 헝클어진 머리를 참빗으로 빗는 동안 두발이 정리되고 생각도 정돈되었다. 하지만 이 시간마저 아깝게 여긴 그는 빗접 옆에 읽을 책 한 권을 따로 놓아두고 날마다 머리를 빗을 때만 조금씩 읽었다. 안채에서 지낼 때는 자리 곁에 별도의 책이 따로 한 권 놓여 있었다. 머리맡에 두고 잠자기 전 읽을 책은 또 달랐다.

작정하고 일과로 읽는 책 외에 이렇게 날마다 네댓 종류의 책을 함께 읽었다. 그때그때 정황에 맞춤한 책들을 골라 간식처럼 읽었다. 곁들여 읽는 이 책들은 진도가 몹시 더뎠다. 아니 진도 자체를 염두에 두지 않았다. 잊어버리고 한두 페이지씩 읽어나가다보면 어느새 마지막 장을 덮게 되곤 했다.

이러한 그의 독서 습관은 오늘의 청와대 비서관에 해당하는 승지로 있을 때나 내각의 장관이 되었을 때도 바뀌지 않았다. 이때는 『한서漢書』를 주로 읽었다. 그 속에 나오는 수많은 고사와 예화 들이 모두 임금과 신하 사이에 일어나는 일들에 대한 기록이었기에 당시 자신이 처한 현안에 비추어 특별히 생각해볼 거리가 많았다. 종일 공무에 지쳐 귀가한 뒤에도 그는 반드시 『한서』를 몇 줄 또는 몇 페이지라도 읽고 나서야 잠자리에 들었다.

또 한 가지. 책을 많이 읽어 피곤하면 그는 눈을 감고 예전에 읽은 글을 암송했다. 한참 외우다보면 슬며시 잠이 들곤 했는데 입은 그대로 글을 이어 외우고 있었다. 글자도 틀리는 법이 없었다. 자기 자신이 직접 한 말이니 과장은 없을 것이다. 눈으로 읽고 입으로 읽고 일과로 읽고 여가에도 읽었다. 긴장하면 풀어주고, 풀어지면 조여주었다.

홍석주는 "일과는 하나도 빠뜨려서는 안 된다. 사정이 있다고 거르게 되면 일이 없을 때에도 또한 게을러지게 마련이다"라고 말했고, 또 "한 권의 책을 다 읽을 만큼 길게 한가한 때를 기다린 뒤에야 책을 편다면 평생 가도 책을 읽을 만한 날은 없다. 비록 아주 바쁜 중에도 한 글자를 읽을 만한 틈이 생기면 한 글자라도 읽는 것이 옳다"고 말해 바쁘다는 핑계로 책 읽지 않는 것을 아무렇지 않게 여기는 우리의 일상을 부끄럽게 지적했다.

잊어버리고 하는 독서, 조금씩 습관처럼 반복하는 책 읽기는 뜻밖에 효과가 크다. 삼시 세끼를 먹는 데 특별한 목표가 있을 수 없다. 세끼를 끼니때마다 이유를 달고 먹지는 않는다. 먹어야 하니까 먹고, 먹는가보다 하고 먹는다. 독서도 이 경지에 이르러야 일상이 된다. 특별히 배가 고프지 않아도 때가 되면 먹는다. 규칙적으로 먹는다. 소화가 안 되면 한 끼를 건너뛰는 수가 있기는 하다. 배고프다고 한꺼번에 폭식해 버릇하면 나중에 건강을 상한다. 독서가 우리의 일상에서 멀어진 것은 세끼 밥 먹듯 독서

하는 습관이 사라진 것과 무관치 않다. 무심코 책을 들던 손이 스마트폰만 찾게 되면서 우리는 생각의 주인이 되지 못하고 기계의 노예가 되어버렸다.

내 경우 오가는 전철에서 읽을 책은 출퇴근할 때 들고 다니는 가방 속에 반드시 넣어둔다. 주로 논문 작업중인 고서일 때가 많다. 사람마다 취향에 따라 수필이나 소설책도 좋고, 아니면 짧은 단위의 마디로 이루어져 아무데나 펴서 읽어도 되는 책도 좋다. 덮어놓고 진도를 잡아뺄 생각 하지 않고 천천히 음미하며 읽는다. 거실 소파나 침대맡에도 편하게 잡아들 책 몇 권쯤은 안배해놓아둔다. TV를 보다가 혹은 외출 준비가 덜 끝난 아내를 참을성 있게 기다릴 때, 바로 잠이 들지 않는 비 오는 저녁에 침대에 기대 읽는 책은 짤막짤막한 토막글이 적절하다.

요즘은 운동의 필요성을 절박하게 느껴 아침마다 아파트 단지 안의 헬스장을 찾는다. 주로 사이클 머신에 앉아 페달을 밟는다. 공연히 켜진 TV 화면에 눈길을 주기가 싫어서 컬러로 출력해 제본한 간찰첩이나 문집 등을 들고 나가 TV 화면 위를 가려두고 읽는다. 구절이 눈에 쏙쏙 들어온다. 날마다 이상한 책을 들고 와 운동이랍시고 하는 행색이 괴이했던지 샤워실에서 평소 눈인사를 주고받던 이가 내게 묻는다. "혹『주역』을 연구하세요?" 아! 그는 나를 역술인으로 생각했던 모양이었다.

쓰기도 다를 게 없다. 벌써 지난 일이 되었지만 하버드 옌칭

215

연구소에 머물 당시 저녁때가 되면 연구실에서 어슬렁어슬렁 걸어 10분 거리에 있던 중국 식당 조이Zoe를 즐겨 찾았다. 세숫대야만한 그릇에 담긴 깊은 맛의 우남탕면牛腩湯麵 한 그릇을 비우고 나면 든든해서 밤늦게까지 시장한 줄을 몰랐다. 그곳에 갈 때마다 당시 쓰던 논문과 관련된 문장 한두 편과 수첩을 꼭 챙겼다. 좀 전까지 골몰하던 주제에서 잠시 빠져나와 주변 풍경에 눈길을 주며 걷다보면 미처 놓쳤거나 답답하게 제자리를 맴돌던 생각에 물꼬가 트였다.

식당에 도착해서 음식을 주문해놓고 그것이 조리되는 사이에 나는 수첩을 꺼내 좀 전 걸어오면서 한 생각들을 메모하거나 가져온 논문 별쇄 또는 원문 한두 편을 읽곤 했다. 그 짧은 시간의 효용은 정말 위력적이었다. 메모는 순식간에 수첩 한 면을 꽉 채우고 다음 면으로 넘어가기 일쑤였다. 그때 즈음해서 음식이 나왔다. 어떤 때는 생각의 서슬을 놓치기 싫어 음식을 앞에 두고도 메모가 한동안 더 이어졌다.

식당에서 서빙을 하는 두 중국인 아가씨는 내가 갈 때마다 뭘 읽고 쓰는 게 신기해 보였던지 손님이 없어 한가할 때는 저만치서 턱을 괴고 "야! 저 사람 봐라. 정말 빨리 쓴다"며 저희끼리 소곤거렸다. 한자투성이의 옛 책에 구두라도 떼고 있으면 힐끗 들여다보며 "너는 한국 사람인데 어떻게 중국 책을 읽을 줄 아냐?" 하며 지나다 말고 말을 걸어오곤 했다. 번체자로 된 옛날 책인

216

것을 확인하더니 저는 무슨 말인지 하나도 모르겠다고 웃다가 엄지손가락을 세우며 "리하이(대단하다)!"라고 말하기도 했다. 어느 날 내가 이제 귀국하게 되어 더는 올 수 없다고 하자, 그녀들 가운데 한 명이 식당 구석에서 늦은 식사를 하다 말고 일어나 "너를 오래 기억하겠다"며 눈물을 글썽했다. 우리는 악수한 후 가볍게 허그를 하고 헤어졌다. 비로소 그곳을 떠난다는 실감이 진하게 왔다.

자투리 시간을 책 읽기와 글쓰기로 채우는 데는 연습이 필요하다. 하지만 익숙해지면 세끼 밥을 먹는 것처럼 자연스럽다. 앞에서 한 번 소개했지만 전철과 소파에서만 작업한 결과를 하나하나 모아서 엮은 책이 내게 여러 권 있다. 주로 짧은 옛글을 번역하고 거기에 내 단상을 붙인 『한서 이불과 논어 병풍』 『마음을 비우는 지혜』 『죽비소리』 『성대중 처세어록』 『돌 위에 새긴 생각』 『와당의 표정』 같은 책들이 다 그렇게 나왔다. 『한밤중에 잠깨어』 나 『다산어록청상』 『오직 독서뿐』 같은 책들도 대부분 정색을 하고 쓴 것이 아니라 자투리 시간에 하나씩 둘씩 누적해서 집적된 결과를 모은 것이다. 처음 매뉴얼만 정확하게 잡아놓고 시작하면 한 권의 분량이 묶이는 데 그다지 많은 시간이 걸리지 않는다. 잊어버리고 하면서 하나하나의 내용을 음미하다보면 어느새 한 권의 분량에 닿아 있었다.

하루 세끼 차려 먹는 밥상이 중요하지만 중간중간 군것질도

맛있다. 밥 먹고 나서 곁들이는 과일이나 달콤한 후식은 소화를 돕고 더부룩한 속을 가라앉혀준다. 살이 찌는 것이 문제이긴 하지만.

재빨리 적는 질서법

송대의 학자 장재張載는 호가 횡거橫渠다. 장횡거란 이름으로 더 잘 알려졌다. 젊어서 병법을 좋아하고 한때 노불老佛에 깊이 빠졌던 그는 만년에 유학으로 돌아와 직접 농사를 지으며 청빈의 삶을 살면서도 학문의 사색을 멈추지 않았다. 고개 숙여 읽다가俯而讀, 우러러 생각하고仰而思, 마음에 와 닿는 것이 있으면 바로 적었다有得而識之. 그는 기거하는 곳 여기저기에 붓과 벼루를 놓아두었다. 한밤중에 누웠다가도 생각이 떠오르면 벌떡 일어나 등불을 가져와 바로 적었다. 나중에 잊어버릴 것을 걱정해서였다. 그의 저서 『정몽正蒙』은 이 오랜 메모의 결정체다. 주자朱子는 「횡거선생찬橫渠先生贊」에서 "정밀하게 사색하고 힘써 실천하며, 깨달음이 있으면 재빨리 기록했다精思力踐, 妙契疾書"고 그의 인간과 학문을 평가했다.

꼼꼼히 따져 생각하고, 힘껏 실천에 옮기는 것이야말로 중요하지만, 오늘 이 글에서 소개하려는 핵심은 바로 '묘계질서妙契疾書'란 표현이다. 묘계는 오묘한 깨달음을 말한다. 계契에는 맺다, 맞는다, 합치하다 등의 뜻이 있다. 사람을 맞아 관계를 맺는 것은 계모임이고, 바깥 사물이 내 안으로 들어와 나와 합치되는 것은 '계합契合'이라고 한다. 사람 사이의 관계도 계합이 중요하고, 학문의 깨달음에도 계합의 순간이 반드시 있어야 한다. 계합은 지금까지 무의미하던 사물이나 대상이 나와 새롭게 만나 스파크가 일어나는 것이다. 그것은 너무나 오묘해서 뭐라 설명할 수가 없기에 묘계라 한다. 그 만남은 묘합무은妙合無垠, 즉 결합이 참으로 절묘해서 붙은 가장자리[垠]가 잘 보이지 않는다. 별개의 둘이 었는데 완전한 하나가 된 상태다. 이런 상태는 성석제의 소설집 제목처럼 '번쩍하는 황홀한 순간'에 왔다가 자취도 없이 사라진다. 밤새 되뇌다가 깨고 나면 하나도 생각 안 나는 꿈속 중얼거림과도 같다. 나는 이 계합이란 말이 좋아 돌아가신 청사晴斯 안광석安光碩 선생님께 부탁해 이 구절을 돌에 새기기도 했다. 지금도 글씨를 쓸 때 앞쪽에 즐겨 찍는 인장이다.

묘계를 붙들어두려면 메모 말고는 방법이 없다. 섬광 같은 깨달음이 흔적 없이 날아가기 전에 잽싸게 적는 메모가 바로 질서다. 질疾은 보통은 병이나 버릇을 뜻하지만 여기서는 빠르다는 의미로 새긴다. 질주疾走는 빨리 달리는 것을 말하고, 질병疾病은

병 중에도 급성으로 오는 병에 주로 쓴다.

이 묘계질서의 정신을 평생 학문의 종지宗旨로 받들어 실천한 분이 바로 성호 이익李瀷 선생이다. 그의 학문은 메모로 시작해서 메모로 끝났다. 『성호사설星湖僿說』이 그렇고, 그 밖에 경전에 관한 저술들이 모두 사색과 메모의 집적물이다. 처음『맹자』를 읽다가 쓴 메모를 모아『맹자질서孟子疾書』를 짓고, 이어『대학질서』『소학질서』에 미쳤다. 내친김에『논어질서』를 쓰고, 『중용질서』와『근사록질서』『심경질서』를 썼다. 『역경질서』와『서경질서』『시경질서』까지 마저 써서 경전 '질서' 연작 시리즈를 마무리했다. 『가례

질서家禮疾書」는 일종의 부록편에 해당한다.

조카 이병휴李秉休는 「가장家狀」에서 이렇게 적었다. "선생의 학문은 답습을 싫어하고 자득自得에 핵심이 있었다. 경전의 본문에 대한 풀이를 보다가 의심나는 바가 있으면 반드시 따져보았다. 따져보다가 얻는 것이 있으면 재빨리 이를 써두었다. 얻지 못하면 나중에 다시 생각해서 반드시 얻고 나서야 그만두었다. 그래서 선생의 질서 중에는 대개 선유先儒들이 미처 펴지 못한 뜻이 많다." 그 학문의 핵심을 한마디로 잘 요약했다.

공부는 제 말 하자고 하는 일이다. 평생 앵무새처럼 남의 말이나 주워 모아 그것을 공부의 보람으로 알면 슬픈 노릇이 아닐 수 없다. 사색과 실천 없이 말만 마구 떠벌리면 망발이 된다. 요즘은 하도 개성을 두둔하는 세상이라 내실 없이 일단 튀고 보자는 식의 망동을 도처에서 만나게 된다. 참신과 해괴를 혼동하면 못쓴다. 묘계 없는 질서는 낙서요, 질서 없는 주장은 도청도설道聽塗說에 지나지 않음을 또 명심해야 한다.

지난 노트를 들추다보니 2013년 1월 18일에 '몸이 곯고 마음이 헐던 시절'이라고 적어둔 메모가 나온다. 그 아래 '꿈속에서 문득 연암의 형수를 생각하다가 떠오른 구절'이라고 써두었다. 꿈에서 깨어 바로 적어둔 메모다. 당시는 내가 연암의 여러 문장을 골똘히 들여다보고 있을 무렵이었다. 낮에 「백수공인이씨묘지명伯嫂恭人李氏墓誌銘」을 읽으며 했던 생각이 꿈속으로까지 이어진 것이었다.

연암의 형수는 50대 초반에 이미 몸과 마음이 황폐해질 대로 황폐해져 있었다. 그녀는 아들 셋을 낳아 중간에 모두 잃었다. 평생 몸에 병을 달고 살았다. 가난한 집안의 봉제사奉祭祀 접빈객接賓客에 그녀의 삶은 늘 휘청댔다. 연암은 형수의 묘지명에서 이렇게 적었다.

공인恭人은 열 식구를 힘을 다해 먹여 살렸다. 제사를 받들고 손님을 접대함에 큰집의 규모와 법도를 잃는 것을 부끄러워했다. 여기서 채우고 저기서 메우며 스무 해 동안 애가 타고 뼛골이 다 녹았다. 알량한 양식마저 다 떨어지니 굽혀 억누르고 꺾여 녹은 마음을 펼 곳이 없었다. 매번 늦가을 낙목한천落木寒天의 때가 되면 뜻이 더욱 휑하니 막막해져서 병을 더욱 더쳤다. 몇 해를 끌다가 마침내 지금 임금 2년 무술년(1778) 7월 25일에 세상을 떴다.

그녀는 살아가는 일 자체로 힘겨웠던 것이다. 연암은 이어지는 글에서 그녀가 세상을 뜨기 전 잠깐 반짝했던 기억을 떠올렸다. 자신이 홍국영의 위해를 피해 지금 개성공단 근처인 화장산華藏山 연암협燕巖峽에 새 거처를 마련했을 때의 일이다. 그가 서울 집에 몸져누운 형수에게 말했다.

"형수님! 형님도 이제 늙으셨으니 가셔서 저와 함께 은거하십시다. 담장을 둘러 뽕나무를 한 천 그루쯤 심고, 뒷산에는 밤나무도 천 그루쯤 심는 거지요. 문 앞에는 배나무를 또 천 그루쯤 접붙여서 길러보렵니다. 또 시내의 위아래로 복숭아나무와 살구나무를 각각 천 그루씩 심습니다. 세 이랑 크기의 연못에는 치어稚魚를 한 말쯤 풀고, 바위 비탈에는 벌통을 백 개쯤 놓아기르십시다. 울타리 사이에는 소 세 마리를 매어두고, 제 아내는 길쌈을 하고 형수님은 아무것도 하지 마시고, 여종을 시켜 들기름이나 짜오라고 재촉해서 제가 그 기름을 태워 밤중에 옛글을 읽도록 도와주세요. 제 계획이 어떻습니까? 형수님!"

형수는 병이 깊었는데도 그 말을 듣더니 자기도 몰래 벌떡 일어나 머리를 손으로 떠받치면서 희미하게 웃었다.

"그렇게만 되면 소원이 없겠어요."

하지만 그녀는 연암협에 심어둔 곡식이 채 익기도 전에 세상을 버렸다. 세상에서 누린 해가 55세였다. 연암은 그녀의 시신을 관에 담아 그해 9월 10일, 연암협의 북쪽 동산에 묻어주었다.

'매번 늦가을 낙목한천의 때가 되면 뜻이 더욱 휑하니 막막해져서'라고 한 대목을 읽다가 나는 문득 그녀의 황폐한 갱년기에 대해 생각했고, 이것이 꿈속에도 계속 이어져서 '몸이 곯고 마음이 헐던' 그녀의 시간 속으로 걸어들어갔던 모양이다. 나는 언젠가 꼭 그녀를 위한 글을 한번 제대로 써서 조선시대 영양실조와 끝없는 가사 노동에 내몰리면서도 끝내 따뜻한 말 한마디 들어보지 못했던 여성들을 진혼해주어야겠다고 생각했다.

꿈은 놓아두면 금세 기억에서 사라진다. 생각나지 않는 꿈은 개꿈과 같다. 꿈에서 깬 뒤 바로 노트에 적어둔 한 구절이 오늘의 이 생각을 만들었다. 메모는 간단하지만 그 효과와 결과는 결코 간단치 않다. 그중에서 퍼뜩 떠오른 생각을 잡아채는 묘계질서야말로 메모의 꽃이다.

사설, 구석에 숨어 있는 의미

성호 이익 선생의 질서법疾書法을 말한 김에 대표 저술인 『성호사설星湖僿說』에 대해 잠깐 살펴볼까 한다. 사僿는 자질구레하다, 보잘것없다는 의미다. 사설은 그러니까 자질구레한 설명, 잗다란 이야기쯤 된다. 사僿로 겸양의 뜻을 보이고, 설說로 자기 말을 했다는 자부를 보였다. 성호 선생이 이 책 저 책을 읽다가 그때그때 흥미로운 이야기를 놓치지 않고 메모해서 여기에 자신의 의견을 보태 하나의 체재로 정리한 것이다. 성호 선생의 앉은 자리 곁에도 광주리와 메모 상자가 종류별로 몇 개쯤 있었을 법하다.

선생은 수천 장에 달했을 『성호사설』의 메모 카드를 내용에 따라 천지문天地門, 만물문萬物門, 인사문人事門, 시문문詩文門으로 하위분류했다. 처음에는 책에서 옮겨 적은 항목 카드가 있었다. 흥미로워 적었거나, 나중에 제자들과 강학할 때 활용할 목적에서 메모해둔 것이다. 그때마다 떠오른 생각은 항목 카드 말미에 적었다. 다른 책을 보다가 앞서 카드와 관련된 것이 있으면 상자를 뒤져 그 여백에 메모를 추가한다. 생각이 달라지면 그것도 적어둔다.

메모의 대상은 책만이 아니다. 일상에서 보고 느낀 것도 적는다. 재미난 일화, 신기한 이야기, 괴상한 일 들도 모두 메모의 대상이다. 그가 메모한 것은 단순히 재미 때문이 아니라 그 안에서 뭔가 따져보고 음미해볼 것이 있었기 때문이다.

『성호사설』 인사문에 실린 「남복여언男伏女偃」조의 한 항목을 따라가며 읽어보자.

위백양魏伯陽이 말했다. "남자는 태어날 때 엎드린 채 나오고, 여자는 하늘을 보며 나온다. 죽을 때도 마찬가지다." 『저씨유서褚氏遺書』에도 말했다. "양기陽氣는 얼굴 위로 모이는지라, 남자는 얼굴이 무거워 물에 빠져 죽으면 반드시 엎드리게 된다. 음기陰氣는 등에 모이므로 여자는 등이 무거워서 물에 빠져 죽을 때 반드시 하늘을 쳐다본다."

무릇 양기가 얼굴에 모인 자도 음은 반드시 등에 모이게 마련이다. 음기가 등에 모인 자도 양은 반드시 얼굴에 모이게 된다. 무엇이 다르겠는가? 대개 사람이 태중에 있을 때, 남자는 반드시 양을 향하고, 여자는 틀림없이 양을 등진다. 낮을 때도 반드시 어미가 엎드리므로 남자는 엎드리고 여자는 눕는다. 하늘은 양이요 땅은 음이기 때문에 물에 빠져 죽을 때도 역시 그러하다.

물에 빠져 죽은 시신은 엎어져 있는지 하늘을 보고 있는지만 봐도 남녀의 구별이 가능하다. 엎어져 있으면 남자요, 하늘을 보고 있으면 틀림없이 여자다. 남녀의 교접 시 일반적인 체위도 마찬가지다. 왜 그럴까? 무슨 이유가 있나? 참 별걸 다 호기심을 갖고 물어보았다. 처음에 그는 위백양의 저술을 보다가 위 대목에 흥미를 느껴 메모해두었다. 뒤에 다시 『저씨유서』를 읽는데 비슷한 구절이 또 나왔다. 이것 봐라! 두 메모를 한데 적어두고 자신의 경험에 비추어 생각을 적어나갔다. 그러니까 첫 단락은 정보이고, 둘째 단락은 정보에 대한 풀이, 즉 사설이다.

위백양의 글 한 줄을 무심히 보아 넘겼으면 그냥 지나쳤을 것을 메모로 메모를 불러내 『저씨유서』의 정보가 가세하자 흥미로운 토론거리 하나가 만들어졌다. 흔히 저수지에 떠오르는 변사체가 하늘을 보고 있는지 땅을 향해 있는지만 보고도 남녀의 분간이 가능하다고 말한다. 그렇다면 이것은 정말 음양의 이치 때문일까? 혹 자궁의 유무 같은 남녀의 신체 구조상의 차이 때문은 아닐까? 아니 그 전에 이것은 정말 과학적으로 입증된 사실

일까? 막상 인터넷을 뒤져보니 사실이 아니라는 맥 빠지는 대답이 돌아온다. 그래도 이 글은 잘못된 정보로 폐기될 것은 아니다. 천지만물을 일관된 음양의 원리로 파악하고 이해하려 한 옛사람들의 사유를 볼 수 있기 때문이다.

성호 선생은 사소한 것도 놓치지 않고 꼼꼼히 기록했다. 그의 메모벽은 거의 습성처럼 되어서 일상에서 일어난 소소한 일까지도 놓치지 않고 적어두었다가 이것을 사색의 자료로 삼곤 했다. 왜 그럴까? 정말 그럴까? 처음 질문은 단순하고 막연하지만 여기에 생각의 날개가 달리고, 문헌에서 찾은 근거가 실리고 나면 단순 막연하던 질문은 생생한 의문으로 변한다. 사색은 막연히 구름 잡듯 해서는 안 되고 논리적 정합을 따져서 꼼꼼히 묻고 찬찬히 대답하는 과정이 함께 이루어져야 진전이 있다. 그것은 어디까지나 작은 메모에서 시작한다.

며칠 전 일이다. 명나라 진계유陳繼儒가 쓴 『진주선眞珠船』을 읽는데 이런 구절이 나왔다.

신神이 밝지 않은 것을 일러 망魍이라 하고,
정精이 밝지 않은 것을 일러 양魎이라 한다.

합쳐 읽으면 정신이 밝지 않은 것을 망량이라고 부른다는 말이다. 정신이 흐린 것을 망량이라 한다니, 일상에서 망령이 들었다, 망령이 났다는 말이 실은 망량의 음이 변해서 된 표현은 아닐까 하는 데 생각이 미쳤다. 사전에서 망령을 찾아보니 망령妄靈이라고 했는데, 설명이 아귀가 안 맞았다.

요것 봐라 하는 생각에 그 구절을 따로 수첩에 메모해두었다. 그날 밤 문득 이매魑魅라는 말이 떠올랐다. 한국고전종합DB 사이트로 들어가 '이매망량'을 검색해보았다. 그 즉시 무려 110가 지나 되는 수많은 용례들이 죽 달려올라왔다. 맨 위에 실린 것이 정도전이 쓴 「사이매문謝魑魅文」이란 글이었다. 중국 쪽의 용례도 뒤져보았다. 그렇게 해서 낮에 잠깐 스쳐간 생각이 다른 자료들과 만나면서 다음과 같은 짧은 한 편의 글이 되었다.

이매망량魑魅魍魎은 우리말로 두억시니 또는 도깨비의 지칭이다. 정도전鄭道傳은 「사이매문謝魑魅文」에서 이매망량을 "음허陰虛의 기운과 목석木石의 정기가 변화해서 된, 사람도 아니고 귀신도 아니며, 이승과 저승 어디에도 속하지 않는 존재"로 보았다. 이매망량은 음습한 곳에 숨어 있다가 사람을 홀려서 비정상적 행동을 하게 만든다. 『사기』「오제본기五帝本紀」의 풀이에는 "이매는 사람 얼굴에 짐승의 몸뚱이로 발이 네 개다. 사람을 잘 홀린다魑魅人面獸身四足, 好惑人"고 했다. 『산해경』에는 "강산剛山에는 귀신이 많다. 그 모습은 사람 얼굴에 짐승의 몸뚱이를 했고, 다리가 하나, 손도 하나다. 소리는 웅웅거리는데, 산림의 이상한 기운

230

이 만들어내는 것이다. 사람을 해치는 것은 목석이 변해서 된 요괴다"라고 했다. 그러니까 이매는 도깨비 중에서도 사람 얼굴에 짐승의 몸뚱이를 하고 팔다리가 하나씩인 채 사람을 꼬이는 존재다.

망량은 어떤가? 명나라 진계유陳繼儒의 『진주선眞珠船』에서 뜻밖의 설명과 만났다. "신神이 밝지 않은 것을 일러 망魍이라 하고, 정精이 밝지 않은 것을 일러 양魎이라 한다神不明謂之魍, 精不明謂之魎." 신명이 흐려져 오락가락하면 망이고, 정기가 흩어져 왔다 갔다하면 양이다. 보통 노인네가 망령이 났다고 할 때 망령은 망령妄靈이 아니라, 망량의 발음이 와전된 것으로 보인다. 망량이 마음 안에 숨어 있다가 정신의 빈틈을 타서 존재를 드러낸다고 믿은 사람은 망량이 났다고 하고, 바깥에서 호시탐탐 기회를 엿보다가 주인의 자리를 밀치고 들어온다고 보면 망량이 들었다고 한다. 일단 망량이 들거나 나면 그것의 부림을 당한다. 이것을 망량을 부린다고 표현했다. 망량이 사람의 정신을 부리는 것이지, 내가 망량을 부리는 것은 아니다.

정신줄을 놓아 망량이 들거나 나면 멀쩡하던 사람의 판단이 흐려지고, 말과 행동이 이상해진다. 사람이 갑자기 비정상이 되는 것은 도깨비의 장난이다. 망량이 내게 들어오거나 나오게 해서는 안 되고, 망량이 나를 제멋대로 부리게 해서는 더더욱 안 된다. 그러자면 기운의 조화로 '밝음'의 상태를 유지하는

231

것이 관건이다. 욕심과 탐욕이 끼어들면 밝음은 어둠으로 변한다. 어두운 정신은 이매망량의 놀이터다.

망령 났다, 망령 들었다, 망령 부린다는 말의 어원을 찾은 기분까지 들어 제법 우쭐해졌다. 도서관에서 우연히『진주선』이란 책을 뽑아 복사해서 제본했다. 잠깐 쉴 때 한 장 한 장 넘기다가 문득 눈이 이 구절에 가서 딱 멈췄다. 그때 메모로 남기지 않았으면 그날 밤의 생각으로 확장되지 않았을 테고, 검색을 하는 행동으로 옮겨가지도 않았을 것이다. 무심코 그은 밑줄과 남겨놓은 메모가 없던 생각을 발아시켰다. 거기에 내 나름의 생각을 불어넣자 하나의 주장으로 발전되었다. 어제까지만 해도 없던 생각이었다. 낮까지도 막연하던 생각이었다.

비 오는 날의 책 수선

사람마다 취미와 취향이 다르다. 여기에 좋고 싫음은 있어도 옳고 그름은 없다. 취미란 좋아서 하는 것이지 옳아서 하는 것이 아니다. 장마철 끈적끈적한 날씨에 불쾌지수가 한없이 올라간다. 그러다가 18세기의 문인 심재沈鋅가 엮은 『송천필담松泉筆談』에 실린 얘기에 마음이 끌렸다.

첫번째 얘기는 이렇다.

사간司諫 이민곤李敏坤이 한번은 젊은이들에게 물었다.

"자네들, 궂은 날과 갠 날, 바람 부는 날과 비오는 날 중 어떤 날을 가장 좋아하는가?"

젊은 축들이 대부분 갠 날이 가장 좋다고 대답했다. 이공이 웃으며 말했다.

"나는 말이지, 비오는 날이 가장 좋네. 비가 오면 나갈 일이 없고, 손님도 안 오지. 빗장을 닫아걸고서 청소를 하고 나면 졸 졸졸 물 흐르는 소리가 귀에 들려온다네. 마음을 가만히 거두 고서 글자를 보고 있노라면 한가로운 뜻이 절로 넉넉해지곤 하 지."

그러고 나서 한마디를 덧붙였다.

"다른 사람의 생각과는 크게 다르겠지만 말이야."

전에 청성淸城 김석주金錫冑가 이렇게 말했다고 들었다.

"탁 트인 큰길에 큰 장막을 쳐놓고 잔치를 열어 음악을 한창 연주하는데 갑자기 큰 바람이 성난 듯 부르짖어 병풍과 장막이 뒤집어지고 술잔과 쟁반이 어지러이 흩어질 때 또한 마음을 시 원하게 해주기에 충분하지."

내 생각에는 김공의 평생 경력이 이 같은 광경과 비슷했다. 이공의 고요하고 차분한 공부도 또한 그 말과 같았다. 그래서 말이 성정에서 나오며 보통 때의 기상을 이를 통해 징험할 수 있음을 알았다.

이민곤李敏坤, 1695~1756과 김석주金錫冑, 1634~1684의 일화를 나란히 실었다. 이민곤은 영조 때 문신이다. 그는 자가 후이厚而, 호는 임 은林隱이다. 그는 자처럼 두터운 사람이었고, 호처럼 평생 숲속에 숨어 학문하는 삶을 꿈꾸었다. 그렇다고 그저 호인好人인 것만은 아니었다. 직언으로 간쟁하다가 임금의 노여움을 사서 북도北道로 유배 가던 도중 금성金城의 역사에서 발생한 화재로 불에 타서 죽었다. 영조는 그의 사망 소식을 듣고는 즉각 석방을 명하고, 영정 두 점을 그려 후손에게 하사했다. 글 속의 이민곤은 비 오는 날 외출도 못하고 손님도 끊기자 마침 잘되었다며 틀어박혀 읽는 책 속에서 삶의 조촐한 기쁨을 찾았던, 공부밖에 모르던 서생의 이미지다.

김석주는 자는 사백斯百, 호가 식암息庵이었다. 그는 평생을 정쟁의 회오리 한가운데 서 있었던 풍운아였다. 벼슬은 이조좌랑을 거쳐 우의정을 지냈다. 조부가 영의정을 지낸 김육金堉이고, 아버지는 병조판서 김좌명金佐明이었다. 1662년 증광 문과에 장원으로 급제했다. 남인과 서인 사이에 벌어진 예송禮訟 논쟁에서 양측을 오가다가 남인 정권의 몰락에 결정적 역할을 했다. 그 공으로 보사공신保社功臣 1등으로 청성부원군淸城府院君에 봉해졌다. 1682년에는 우의정과 호위대장扈衛大將을 겸직했고, 위세가 하늘을 찔렀다. 책략이 음험하고 수법이 잔혹하다는 비판을 들었다. 그는 삶의 가장 통쾌한 장면으로, 한창 큰 잔치가 벌어져 흥겨울 때 갑자기 일진광풍이 일어나 자리를 쑥대밭으로 만들어버리는 광경을 꼽았다. 실제로도 그는 권세의 극점에 있던 권력자들을 일진광풍으로 쓸어 엎어버린 일이 한두 번이 아니었다.

무심코 한 말이지만 그 말 속에 그 사람이 들어 있다. 그러니 말을 어찌 함부로 할 수 있겠는가? 궁금해서 인터넷 검색으로 두 사람의 인적 사항을 찾아보았다. 두 사람의 영정이 모두 남아 있었다. 영정 사진을 열어보는 순간 나는 옆에 사람이 있는 것도 모르고 크게 웃고 말았다. 그 모습이 어쩌면 두 사람의 말씨나 취향과 그리도 방불한가. 말이 그 사람이요, 글이 그 사람이란 말이 실감났다. 사람은 생긴 대로 말하고, 말하는 대로 생긴다.

같은 책에 잇달아 실린 두번째 얘기다.

전에 들은 얘기다. 선배 재상들이 자리에 모여 저마다 마음에 기쁨을 주는 즐거운 일에 대해 얘기하다가, "어떤 일이 가장 즐겁습디까?" 하고 물었다. 제공이 각자 자기가 좋아하는 것에 대해 얘기했다. 어떤 사람은 시 짓고 술 마실 때라고 말하고, 어떤 사람은 아름다운 목소리와 어여쁜 자태의 여인과 함께 있을 때라고 얘기했다. 다른 사람은 서화書畫 감상을 꼽기도 하고, 화초花草를 말하는 사람도 있었다. 혹은 산수간에서 노닐며 사냥하는 것에 대해 논하기도 했다.

도곡陶谷 이의현李宜顯이 말했다. "나도 좋아하는 게 있기는 한데 여러분이 좋아하는 것과는 조금 다릅니다." 제공이 그게 뭐냐고 물었다. 공이 미소를 짓더니 말했다. "비 오는 날 손님이 없을 때, 혼자 잘 삭은 풀로 헌책의 종이를 깁고 때우는 것을 좋아합니다." 제공이 비웃지 않는 이가 없었다.

236

일찍이 전하는 말을 듣고는 나 또한 이공의 궁상맞음을 비웃었더니, 이양천李亮天이 말했다. "여보게, 자네! 망령되이 함부로 평하지 말게나. 제공이 좋아한 것은 모두 세속에서 숭상하는 것들뿐이라 귀하다 할 만한 것이 못 되네. 이공께서 책을 깁는다고 하신 것은 차분하고 고요한 취미일세. 이것으로 제공과 그대의 식견에 부족한 점이 있음을 알 수 있겠네그려." 서로 함께 한차례 웃었다.

이의현李宜顯, 1669~1745의 에피소드다. 그는 이민곤과 같은 과의 사람이다. 그 또한 숙종 때 이조참의와 대사간까지 역임하고 판서직을 두루 거친 거물급 정객이었다. 그런 그의 취미는 뜻밖에도 비오는 날 문을 닫아걸고 잘 곰삭혀둔 풀로 하도 읽어 종이가 찢어지거나 나달나달해진 책을 꺼내 종이쪽을 덧대 수선하는 일이었다. 하도 바빠서 책 읽을 여가가 없어도 퇴근 후엔 서재에 앉아 책을 펼치곤 했었다. 책을 맨 끈이 끊어지거나 책장이 낡아헐어도, 시간이 없어 어찌해볼 수가 없었다. 그러던 어느 날, 아침부터 비가 주룩주룩 내려서 딱히 외출할 일이 없고 문밖에 대문을 두드리며 명함을 들이미는 손님도 없을 때, 작정하고 들어앉아 낡은 책을 모두 꺼내와 새 종이를 잘라내서 헌 곳을 땜질해 수선할 때, 자신은 삶의 가장 큰 희열을 느낀다고 말했다.

다른 대신들이 모두 '에이' 하고 '피이' 하며 조소했지만, 나는 그의 그 순수한 몰입의 기쁨을 충분히 이해할 수 있을 것 같다. 인터넷에서 그의 초상화를 검색해 살펴보면 그 또한 생긴 것과 똑같은 성품의 사람이었음을 느낄 수 있다. 그는 평생 청검淸儉을 실천해 청백리로 명성이 높았다. 덕재德哉라는 자처럼 그는 정말 덕스런 사람이었다. 그뿐만 아니라, 성호星湖 이익李瀷 선생도 고을 수령에게서 폐기된 공문서 파지를 이따금씩 얻어와 그것으로 낡은 책의 표지를 고쳐 만들며 즐거워했다는 얘기가 전한다.

삶의 천진한 즐거움은 어디서 오는가? 갑의 위세로 굽신굽신하는 을을 앞에 놓고 비싼 룸살롱에서 장안의 미희를 끼고 폭탄주를 돌리는 맛이 호쾌하고 좋겠지만, 이런 쾌감은 늘 뒤끝이 좋지 않다. 게다가 오래갈 수도 없다. 그 사람이 좋아하는 것을 보면 그 사람의 삶이 그대로 보인다. 나는 무엇이 좋은가? 비 오는 날 풀통을 옆에 놓고 앉아 가위로 종이를 사각사각 잘라 헌 곳을 때우면서 절로 번졌을 이의현의 흐뭇한 미소를 생각한다.

나의 취미 생활

―풀칠 제본

　　　　　　　　　비 오는 날 잘 삭은 풀로 낡은 책을 깁고 때울 때가 가장 행복하다는 이의현의 얘기를 하고 나니, 내 취미 활동인 풀칠 제본 얘기를 하지 않을 수 없다. 책 보고 글 쓰다가 피곤하거나, 어정쩡한 자투리 시간이 남을 때 내가 하는 일은 풀칠이다. 도서관에서 빌려온 책을 복사하거나 스캔하여 출력해둔다. 틈틈이 복사 면을 안쪽으로 해서 절반으로 각을 잡아 반듯하게 접어둔다. 책상 구석에 쌓아두었다가 틈이 나면 풀을 꺼내 바깥면 좌우에 풀칠을 해서 한 장씩 맞붙여나간다. 100장 정도는 20분쯤이면 거뜬하다. 다 붙이고 나면 200페이지짜리 책 한 권이 만들어진다. 다 붙이고 나서 첫 장의 겉면 오른쪽 끝 3분의 1쯤을 풀칠해서 책등 뒤로 뒤집어 넘겨 붙이면 표지도 근사하게 만들어진다. 하지만 책등의 두께 때문에 뒤표지의 끝자

풀칠 제본 후 별도의 표지에 제첨을 붙인 책 표지.

락이 맞지 않는다. 평소 모아둔 이면지를 한 장 절반으로 접어
뒷면 왼쪽 가장자리에 맞춰 붙이면 감쪽같이 든든한 뒤표지가
만들어진다. 별도의 종이로 표지를 따로 만들어 붙이기도 한다.
여가 시간 20분이면 책 한 권이 뚝딱 만들어진다.

　이렇게 만든 책은 완전하게 펼쳐놓고 작업하기에 딱 좋다. 풀
칠을 할 때는 각을 잘 잡아 들쭉날쭉하지 않게 붙여나가는 것이
가장 중요한 노하우다. 하버드에 온 후 처음에 산 딱풀은 모두
학교 수업용이어서 붙여도 맥없이 도로 떨어졌다. 한국에 있을
때 쓰던 풀을 사기가 어려웠다. 스테이플에 가서 겨우 그 풀을
찾아 박스째 사왔다. 여섯 개짜리 한 박스를 사와도 얼마 못 가
서 다 떨어졌다. 나중에는 두 박스씩 사왔다. 그즈음 보스턴 테
러 사건이 일어났다. 풀을 박스째 사니까 글루glue 폭탄 제조하려

미국 우편물 봉투의 문양을 복사해 만든 책 표지.
가운데 흰 부분은 주소가 보이는 창이다.

는 사람으로 의심을 살 수도 있겠다고 집사람과 웃는 소리를 했을 만큼 열심히 사서 쉬지 않고 풀칠했다.

피곤한 몸으로 밤중에 집에 돌아와서도 소파에 앉아서 아내와 얘기하며 풀칠을 했다. 30분쯤 앉아서 하루의 일을 얘기하다 보면 두 권쯤 완성되어 있었다. 나중에 정년을 하고 나면 종이봉투 풀칠하는 부업을 해도 좋겠다며 집식구가 깔깔 웃었다. 같이 좀 해주지. 이렇게 말하면 자기는 그렇게 풀칠을 하고 있는 것만 봐도 갑갑해서 기가 넘어 못한다고 대답한다.

그동안 이곳에서 산 딱풀이 족히 50개는 넘을 것이다. 이렇게 만든 책이 200권 가까이 된다. 임시로 사는 살림이라 책꽂이가 마땅치 않아 완성된 책을 창턱 아래에 차곡차곡 쌓아두고 틈틈이 뽑아서 붉은 먹으로 메모해가며 읽곤 했다. 쌓여가는 책을 볼 때마다 저것들이 두고두고 내 학문의 든든한 양식이 되려니 생각하면 마음이 지레 흐뭇해졌다. 선본실에서 좋은 책을 발견하면 머릿속에는 먼저 이것을 촬영해 출력한 후 풀칠해서 제본해두었을 때의 모습부터 떠올랐다.

한국에서도 내 취미는 풀칠이었다. 연구실에 손님이 와도 허물없는 상대일 경우에는 그와 얘기하면서 풀칠을 했다. 대학원 수업시간에 풀을 들고 들어가서 풀칠 책의 효용과 위력을 전도한 일도 있다. 그래도 이 좋은 방법을 따라 하는 제자를 이제껏 몇 명 보지 못했다. 처음에 이곳에 와서 내가 풀칠하는 모습을 보던 중국인 비지팅 펠로visiting fellow가 처음엔 신기해하다가 금세 딱하다는 표정을 지었다. 언제 그 두꺼운 책을 풀칠하느냐고, 차라리 저처럼 통째로 스캔을 해서 컴퓨터 화면으로 보는 것이 낫지 않으냐고 제법 진지하게 충고했다. 컴퓨터 화면에는 메모를 못하니까 아무 소용이 없다며 나는 그의 조언을 무시했다. 그러고는 책의 여백마다 이런저런 메모를 채워나갔다.

녀석은 필요할 때마다 복사를 하고 글을 다 쓰고 나면 용지를 구석으로 집어던져 책상 위가 난장판이었다. 공부하는 사람은 자료 관리가 생명이다. 너처럼 이렇게 쓰고 버리면 남아서 쌓이

다양한 형태와 크기로 만든 풀칠 제본 책.

는 게 없지 않으냐고 하면서, 실제 녀석이 보던 논문 별쇄 하나를 얻어 5분 만에 말끔하게 제본해 건네주었다. 아주 예쁜 소책자가 금세 만들어지는 것을 보더니 녀석이 눈을 동그랗게 뜬다. 이튿날 연구실로 불쑥 들어갔더니 녀석이 혼자 풀칠을 하며 책을 만들고 있다가 나와 눈이 딱 마주치자 영 멋쩍은 표정을 짓는다. 참 기특하다고 하면서 아예 새 풀 하나를 건네주었다. 녀석이 만든 책은 접지부터 제대로 안 된데다 풀칠마저 서툴러 들쭉날쭉 삐뚤빼뚤했다. 나는 그게 하루이틀에 되는 일이 아니라고 말하며 더 많이 연습하라고 일러주었다.

내가 이 풀칠 책을 처음 본 것은 일본 긴조가쿠인金城學院 대학

243

의 다카하시 히로미 교수에게서였다. 그는 나보다 10여 세 위인데, 오랫동안 세계18세기학회 활동을 함께 하면서 친해졌다. 내가 일본으로 몇 차례 가서 발표하고, 그도 한국에 와서 몇 번 발표했다. 일본에 있는 조선 관련 자료가 필요해 복사 부탁을 했더니 그가 이렇게 풀칠해서 제본 책자 형태로 만들어 내게 건네주었다. 그러면서 자기가 직접 제본한 것임을 거듭 강조했다. 내가 감탄하며 어떻게 이렇게 기막히게 만들었느냐고 물었다.

건네받은 책을 가지고 돌아와 분석해보니, 의외로 간단했다. 예전식으로 말하면 호접장胡蝶裝이라 해서 나비 날개처럼 펼쳐 맞붙이는 제본 방법이었다. 출판사에서 처음 판을 앉혀 견본 조판으로 몇 쪽씩 만들어줄 때도 이런 방식을 쓰는 것을 몇 번 보았다. 처음에는 내 책도 각이 안 맞아 들쭉날쭉했다. 풀칠도 요령 없이 해서 중간이 떨어지거나 비뚤어지기 일쑤였다. 이제는 내 공이 쌓여 야무지고 단단하다. 이 방법을 익히고부터 인문대 지하의 복사실 주인이 별로 좋아하지 않았다. 자기한테 돈 주고 제본하지 않고, 풀칠만 해서 쓸데없이 여백이나 재단해달라고 부탁하는 얌체 손님이 되었기 때문이다.

오늘도 나는 풀칠을 한다. 한 장 한 장 펼쳐 풀칠하며 다음 면으로 넘어가는 동안 책 한 권의 윤곽이 머릿속에 그려지는 것이 좋다. 촬영이나 복사를 하면서 한 번 넘겨보고, 접지할 때 한 번 더 보고, 풀칠하면서 한 번 더 보면 책의 골격이 어느 정도 파악

된다. 풀칠을 마치고 무거운 책으로 두어 시간 눌러두었다가 뽀송뽀송해진 뒤에 짱짱해진 책장을 쫙 펼치면 마른 풀 기운이 당겨지면서 기지개 켜는 소리가 난다. 이때의 기분은 더없이 개운하다. 한 손에는 붉은 먹을 찍은 붓이 메모할 지점을 놓치지 않으려고 붓방아를 찧고 있다.

천천히 오래, 그래서 멀리

사람은 기억을 적는 동물이다. 나를 스쳐간 인연, 그냥 두면 지워지고 말 자국, 이런 것들은 기록과 만나 붙들린다. '천천히 오래, 그래서 멀리.' 지난해 김병익 선생께서 내게 주신 말씀이다. 너무 다급하게 아등바등 말고 천천히 음미하며 즐겨야 오래간다는 말씀. 달고 귀한 분부여서 뜨끔해서 멈칫했다.

가끔 옛글을 읽다가 풍경에 멈춰 서는 일이 있다. 하던 일을 접어둔 채 글 속의 풍경을 기웃거린다. 연암의 「주영염수재기晝永簾垂齋記」를 읽다가도 그랬다. 주영염수재, 긴긴 대낮에 주렴이 드리워진 집. 연암이 묘사한 그 집의 안팎 풍경은 이렇다.

주영염수재는 양인수군의 초당이다. 집은 푸른 벼랑 밑 해묵은 솔 아래에 있다. 기둥이 여덟 개인데 안쪽을 막아 깊은 방을 들였다. 난간을 툭 틔워 마루를 훤하게 했다. 땅을 돋워 층루層樓를 만들고는 아늑하게 협실夾室로 꾸몄다. 대나무 난간으로 둘레를 두르고 띠풀로 지붕을 이었다. 오른편은 둥근 들창, 왼편은 교창交窓이다. 몸체는 작아도 갖출 것은 다 갖췄다. 겨울에는 환하고 여름엔 그늘이 진다. 집 뒤에는 설리목雪梨木이 10여 그루 있다. 대나무 사립은 안팎이 온통 해묵은 살구나무와 붉은 복숭아나무다. 흰 돌을 그 앞에 깔아두었다. 맑은 시내가 세차게 흐르므로 멀리서 물을 끌어와 섬돌 밑으로 들게 해 네모진 못을 만들었다.

양군은 성품이 게을러 처박혀 지내기를 좋아한다. 피곤하면 발을 내려놓고 검은 책상 하나, 거문고 하나, 검 한 자루, 향로 하나, 술병 한 개, 차 화덕 하나, 고서화 족자 하나, 바둑판 하나가 놓인 사이에 드러누워버린다. 자다가 일어나 발을 들어 올려 날이 이른지 늦었는지를 보는데, 섬돌 위의 나무 그림자는 조금 옮겨갔고 울타리 아래서는 낮닭이 첫 울음을 운다. 그제야 책상에 기대 검을 살피고 어떤 때는 거문고를 몇 곡조 연주한다. 술 한 잔을 조금씩 마시면서 혼자 회포를 풀기도 한다. 향을 사르고 차를 끓이기도 하고 서화를 펼쳐 구경하는 수도 있다. 또는 오래된 기보棋譜를 가져다가 몇 판을 벌여놓기도 한다. 그러다보면 하품이 밀물처럼 밀려오고 눈꺼풀은 드리운 구름처럼 무거워진다. 그러면 다시 쓰러지듯 누워버린다. 손님이 와서 문에 들어서면 주렴은 드리워져 고요하고 떨어진 꽃잎은 뜨락에 가득한데 처마 끝 풍경이 저 혼자 운다. 이름을 서너 번 부른 뒤에야 주인은 일어나 앉는다. 다시금 나무 그늘과 처마 그림자를 살펴보면 날은 아직도 서산에 걸리지 않았다.

집주인은 아침에 느지막이 일어나서 빈둥대다가 대낮이면 드러누워 잔다. 실컷 자고 일어나도 해는 아직 중천에 떴다. 심심한 그는 검을 스스렁 뽑아서 칼날에 제 얼굴을 비춰보거나 손가락 끝을 칼날 위에 대보기도 한다. 그 노릇이 시큰둥해지면 옆에 놓인 거문고를 끌어다가 되는대로 몇 곡 뚱땅거린다. 얼마 안 가 그것도 제풀에 지겹다. 술잔을 끌어다 조금씩 조금씩 아껴서 마신다. 취하는 데 목적이 있지 않고 시간을 죽이자는 것이니 벌컥벌컥 마실 일이 없다. 그것도 금세 시들하다. 이번엔 향 한 심지를 피워놓고 가물가물 올라가는 향연을 넋 놓고 바라본다. 숯불을 피워 차도 한 잔 달여 마신다. 이것도 시간이 꽤 걸리는 일이라 좋다. 아 참! 그림 구경도 한번 해야지. 그는 둘둘 말린 족자를 펼쳐놓고 화가의 붓질을 꽤나 진지하게 살펴본다. 흉내도 내본다. 그래도 시간은 좀체 안 간다. 이번에는 바둑이나 한판 두어볼까 싶어 기보를 펼친다. 상대가 없으니 저 혼자 검은 돌 흰 돌을 오가며 두어 판 따라 둔다. 이렇게 한 차례 돌고 나자 제풀에 지쳐 다시 졸음이 쏟아진다. 에라 모르겠다. 그는 벌렁 누워 다시 코를 골며 잔다. 그와 똑같이 심심한 친구가 찾아와 대문을 들어서면 이 친구가 마실을 갔나 싶을 만큼 적막하다. 여러 번을 부른 뒤에야 그는 비로소 정신이 돌아와 주렴을 걷고 내다본다. 해가 뉘엿해지려면 아직도 한참 멀었다.

얼핏 보아 태곳적 일민逸民의 한가로운 삶을 선망한 것처럼 보인다. 나는 이 글을 읽을 때마다 참 눈물겹다. 이상李箱의 수필 「권태」를 읽을 때 든 생각과 비슷하다. 요컨대 그는 할 일이 없었던 것이다. 방안의 차림새로 보아 그는 돈도 꽤 있다. 먹고살 걱정은 하지 않아도 된다. 다만 그의 하루는 아무리 느지렁거려도 너무 길고 무료하다. 그래서 그는 늘 슬로모션으로 움직인다. 눈길을 옮길 때도 그는 슬로모션이다. 처음 이 글을 읽으면서 나는 그를 따라 움직이는 내 눈길을 느꼈다. 그의 게으름에는 중독성이 있다. 그는 어쩌다 이렇게 무기력하고 게을러터진 인간이 되었을까? 그런데도 그의 행동 안에서는 부글부글 끓어오르는 에너지가 느껴진다. 폭발하기 직전의 상태다. 경제적으로 아쉬울 것이 하나도 없고, 지성도 깨어 있으며, 취미는 대단히 고상하다. 다만 그는 아무 할 일을 갖지 못했다. 하고 싶지 않은 것이 아니라 할 수가 없다. 능력을 품고도 아무 할 일을 갖지 못한 사람이 그 긴긴 하루의 시간을 죽이는 방법을 연암은 「주영염수재기」에서 조분조분 들려주고 보여준다. 그는 조선조 내내 찬밥 신세였던 개성 출신이었다.

　며칠 전 출판 일을 하는 제자가 연구실을 다녀갔다. 지난 2, 3년간 폭주 기관차처럼 쉴새없이 달렸다. 지쳐서 쉬고 싶은 생각밖에 없었다. 어디 해외여행이라도 다녀와야 숨이 제대로 쉬어질 것 같았다. 그래서 대책 없이 사표를 던져놓고 훌쩍 비행기를 탔다. 여행지의 순간순간은 그렇게 달고 고마울 수가 없어 눈물이 다 났다. 그만큼 휴식이 필요했겠지. 막상 다녀와서 집에서 며칠 뒹굴고 나니 슬그머니 그 바쁘고 숨 돌릴 틈 없던 시간이 그리워지지 뭔가. 그때의 내가 살아 있던 것 같고, 방안에서 뒹구는 나는 고인 물속에서 썩어가는 느낌이었다. 다시 규모가 작은 출판사에 취직을 했다. 이번에는 큰 시스템 속에 있을 때는 알지 못했던 구멍가게식의 일 처리가 답답했다. 그 속에서는 늘 투덜대기만 했는데.

　주영염수재 주인 양인수는 그나마 세상을 위해 할 수 있는 어떤 일도 갖지 못했다. 그의 24시간은 어떻게 시간을 죽일 수 있을까 하는 궁리의 연속이었다. 어제도 그렇고 오늘도 그렇다. 내일이라고 달라질 것 같지 않다. 이렇게 평생을 살아 그는 결국 어떤 사람이 되었을까? 그 생각을 하면 내 가슴이 답답해져서 터질 것만 같다.

　'천천히 오래, 그래서 멀리.' 조급증을 버리고 즐기며 해라. 이 귀한 말씀도 주영염수재의 주인에게는 속 터지는 얘기다. 그는 심장이 터질 것처럼 폭주하며 자신의 에너지를 어딘가에 쏟아붓고 싶었으리라. 이 말은 우리처럼 너무 바빠서 발을 동동 구르며 정신줄을 놓고 하루하루를 소비하는 사람들에게나 금침이 될 귀한 말씀이다. 바빠 죽겠다고 습관적으로 투덜대는 것은 우리 모두의 고약한 버릇이다. 막상 아무 할 일이 없는 것이야말로 더 미칠 노릇인 줄을 알아야 한다. 문제는 바쁜 가운데 스스로 만들어 찾는 꿀맛 같은 휴식과 여유를 어떻게 가꿔나가느냐이다.

책벌레와 메모광
© 정민 2015

1판 1쇄 2015년 10월 23일
1판 5쇄 2024년 10월 8일

지은이 정민

기획 강명효 | 책임편집 오경철
디자인 김마리 | 저작권 박지영 형소진 최은진 오서영
마케팅 정민호 서지화 한민아 이민경 안남영 왕지경 정경주 김수인 김혜원 김하연 김예진
브랜딩 함유지 함근아 박민재 김희숙 이송이 박다솔 조다현 정승민 배진성
제작 강신은 김동욱 이순호 | 제작처 영신사

펴낸곳 (주)문학동네 | 펴낸이 김소영
출판등록 1993년 10월 22일 제2003-000045호
주소 10881 경기도 파주시 회동길 210
전자우편 editor@munhak.com | 대표전화 031)955-8888 | 팩스 031)955-8855
문의전화 031)955-3579(마케팅), 031)955-2671(편집)
문학동네카페 http://cafe.naver.com/mhdn
인스타그램 @munhakdongne | 트위터 @munhakdongne
북클럽문학동네 http://bookclubmunhak.com

ISBN 978-89-546-3815-9 03810

* 이 도서의 국립중앙도서관 출판예정도서목록(CIP)은 서지유통정보지원시스템 홈페이지
(http://seoji.nl.go.kr)와 국가자료공동목록 시스템(http://www.nl.go.kr/kolisnet)에서 이용하실
수 있습니다. (CIP제어번호: CIP2015027401)

www.munhak.com